《你不知道的武夷山·武夷古韵流风》
编辑委员会

总 顾 问：张建光　陈毅达　曾章团
总 策 划：杨青建　余　洲
主　　任：鲍健鹏
副 主 任：吴旺华　陈　航　陈欣颖
委　　员（按姓氏笔画为序）
　　　　　王小华　王建华　叶羚姗　朱燕涛
　　　　　邹全荣　张晓平　周洪舰　范传忠
　　　　　衷玲英　彭小斌　彭彩珍　魏　维
主　　编：张晓平

武夷古韵流风

中共武夷山市委宣传部
武夷山市文学艺术界联合会 编
武夷山市作家协会

你不知道的 武夷山

海峡出版发行集团｜海峡文艺出版社

图书在版编目(CIP)数据

武夷古韵流风/中共武夷山市委宣传部,武夷山市文学艺术界联合会,武夷山市作家协会.—福州:海峡文艺出版社,2024.12
(你不知道的武夷山!)
ISBN 978-7-5550-3743-9

Ⅰ.①武… Ⅱ.①中…②武…③武… Ⅲ.①散文集－中国－当代 Ⅳ.①I267

中国国家版本馆CIP数据核字(2024)第106970号

武夷古韵流风

中共武夷山市委宣传部
武夷山市文学艺术界联合会 编
武夷山市作家协会

出 版 人	林 滨
责任编辑	蓝铃松
出版发行	海峡文艺出版社
经 销	福建新华发行(集团)有限责任公司
社 址	福州市东水路76号14层　邮编　350001
发 行 部	0591－87536797
印 刷	福州力人彩印有限公司
厂 址	福州市晋安区新店镇健康村西庄580号9栋
开 本	787毫米×1092毫米　1/16
字 数	230千字
印 张	14.75
版 次	2024年12月第1版
印 次	2024年12月第1次印刷
书 号	ISBN 978-7-5550-3743-9
定 价	68.00元

如发现印装质量问题,请寄承印厂调换

目　录

古书院　古社仓

书院深深　张建光 / 3

大宋社仓　祝　熹 / 11

水月亭话"理一分殊"　张　渝 / 17

武夷宫名观传承　罗小成 / 25

水云寮　范传忠 / 29

隐者留名幼溪草庐　魏　冶 / 32

水帘里有洞天　吴佳慧 / 36

止止壶天　张隐郎 / 43

古　镇　古村落

五夫秘境　陈毅达 / 51

白水诗意与乡愁　张晓平 / 56

千古情词觅仙踪　简　梅 / 63

下梅的容颜　邓九刚 / 73

平川曹墩　巫含芝 / 77

文脉绵长古村落　蔡志雄 / 81

昔日南门街　朱燕涛 / 87

汉城风物　彭丽红 / 93

古茶园　古茶树

石乳留香　曾章团 / 99

武夷茶最早文献考　肖天喜 / 103

一棵永远的树　沉　洲 / 108

皇帝茶园　彭小斌 / 112

晚甘侯的荣耀　彭彩珍 / 118

拜伦钟爱武夷红茶　黄光炎 / 122

武夷茶香溢金盏　马星辉 / 128

古石咏叹　叶羚姗 / 134

茶事题刻的历史符码　晨　光 / 138

古　道　古驿站

梦回崇安道　赵建平 / 145

雄关漫道岭阳关　赵建平　逄博如 / 151

风雨黄亭驿　封之南 / 155

古码头　古廊桥

古码头棹歌声声　魏　维 / 167

武夷"都江堰"　朱燕涛 / 174

风雨廊桥　涛　声 / 180

古遗址　古　迹

王城物语　张晓平 / 187

绝壁古崖居　聂炳福 / 196

遇林亭窑址　王长青 / 199

船棺觅古　杨瑞荣 / 202

岚上古塔　卫　康 / 207

刘公神道碑　范传忠 / 210

初识竹林坑　赵建平　逄博如 / 213

匾上乾坤　邹全荣 / 217

砖雕讲述八仙故事　草　木 / 222

百岁坊　梅　丁 / 224

"商"字蕴藏在家祠里　邹全荣 / 227

古书院 古社仓

馬首岩

武夷書院

天柱峰

虎嘯亭

茶竈

书院深深

◎张建光

徜徉九曲溪畔隐屏峰下，环顾新落成的"武夷精舍"，朱子难掩喜悦，一气作《武夷精舍杂咏》十二首。开篇曰：

琴书四十年，几作山中客。
一日茅栋成，居然我泉石。

"武夷精舍"在山中构仁智堂，左建隐求斋，右搭止宿寮。另辟竹坞，累石为门，坞内兴观善斋，门面筑寒栖馆。山巅立晚对亭，临溪站铁笛亭，前山口拉起柴扉，挂上书院的匾额，至于饮茶的"茶灶"，就以溪中的一块巨石充当，上无片瓦半木……简陋如此却称"精舍"，原因在于朱子匠心独运，带领学子"勤工俭学"营建外，那就是书院所处的位置和"精舍"的象征意义：武夷山水人文精华尽在九曲溪，九曲又以五曲为胜，书院便坐落于此；人住的地方是宿舍，灵魂所寓当为"精舍"。

朱子吟武夷精舍的诗得到热烈的反应。董天工在《武夷山志》列举了52位"和"诗。其中不乏大家，如陆游、袁枢、杨荣、陆廷灿、萨天锡等。诗歌也给朱子带来了麻烦，政敌们抓住"居然我泉石"之句，攻击他有独占武夷山之意。朱子"昨关目思量，许多纷纷，都以《十二咏》首篇中——'我'字生出。此字真是百病之根，若研不倒，触处作灾怪也！"他后悔遣词造句的随意，却不悔不改兴办书院的初衷。

（邱华文 摄）

朱子拥有浓郁的书院情结。与他有关的书院有67所，成千上万学生为他亲炙，陈荣捷教授考证的正式注册有名有姓的就有488人。翻阅花名册，竟有二代、三代同时就学于其门下。可以这样说，中国教育史上，与书院关联之多、用心之深、规范之全、效益之好，无人能出朱子之右。

书院与一般的官学和私学有何不同？我给文史馆提交过一篇论文，以"武夷精舍"为例，以新理念、新学校、新教材和新方法阐述书院的特点。

(吴智成 摄)

新理念

大学之道，在明明德，在亲民，在止于至善。

　　朱子认为"大学"乃"大人之学"；"明明德"指的是令人自身所具的美德显明；而"亲民"则为"新民"之义；那"至善"则指事物道理和道德的极点状态。这是儒家的"三纲领"，所说的是显明自身光明美德，由此推及他人，令其自我革新，以抵至善至美的境界。用现代人语言说，就是通过道德教育，培养一代"又红又专"的社会有用之才。朱子从本体论"理"的高度论述教育：性即理。人与物因其理各得其性，气以成形。现实中的人性总是天命之性与气质之性的统一。前者浑厚之善，完美无缺，是人之所以为人的普通本质；后者是天欲人性的综合体，善恶皆有，是人的特殊本质。一旦性为人欲蒙蔽，人性就成了人恶。但"人性可复"，一旦"去其质之偏，物欲蔽，以复其性，以尽其伦"，人就可以为善、为贤、为圣。"学者须是革尽人欲，复尽天理，方始是学"。教育的大本和全部价值就在这里。

　　基于此，书院强调教化，追求德行的圆满、人格的完善、心灵的高尚。钱穆说：

古书院 古社仓

"中国古代不言教育，而常言教化……孔门四科首德行，德本于性，则人而道天，由人文重归自然。此乃中国文化教育一项重大目标所在。"张昆将、张溪南先生在《台湾书院传统与现代》书中，对书院的性质也如此概括："既是立志于圣贤的人格养成之地，也是孕育治国平天下栋梁之材的场所，更是传承优良文化的堡垒。"一句话，书院德育为先，"圣贤所以教人，为学之大端"。

也基于此，书院不以科举考试为教育目的。虽然朱子本人是从科考中脱颖而出的，虽然朱子的弟子不乏金榜题名者，虽然他日后的著作成为开科取士之制，但朱子对科考的弊端看得很清楚："科举之学误人知见，坏人心术，其技愈精其害愈甚。"他多次向朝廷建议，改革科举，提出由朝廷和地方联合选拔人才。他所从事的书院教育本身就是对科举制度的批判和修正。

新 学 校

道迷前圣统，朋误远方来。

考亭书院这副对联还有个故事。此联前身为门人赵蕃为"竹林精舍"所题，"教存君子乐，朋自远方来"。朱子觉得不妥，自谦地作了调整。自己的道统还不完整明晰，恐怕会耽误前来的学者朋友。现在复建的"沧洲精舍"就是原来的"竹林精舍"，也是朱子去世44年后，宋理宗御书的"考亭书院"。大门两边的对联"佩韦遵考训，晦木谨师传"也是朱子所题。意指遵守父亲的遗训，佩韦改正自己急躁的性格；不忘恩师的教导，做一个道德内蓄的君子。有人说前联是"国联"，后联是"家联"，当以前联为重。我倒认为两联俱是朱子为考亭书院而撰，孰重孰轻、悬挂何处皆无碍无妨。两联所述之义，倒是很好地说明书院的性质。

中国书院始于唐初，盛于宋朝，而朱子对书院制度贡献是开创性的、全面的。岳麓书院"忠孝廉节"的道德要求、《白鹿洞书院揭示》的教规等就是很好的例证。台湾专家黄俊杰教授指出，中国的书院乃至同期的东亚书院学规，"深深浸润在

（吴智成 摄）

朱子学的价值理念共同体之中。这一点与清代台湾书院的碑记，显示出强烈的朱子学取向……都共同反映朱子的书院教育，对于东亚地区传统教育所发挥的典范作用"。朱子书院主张大体可用"传道济民"来概括，即赓续道统、培养经世致用的人才。朱子是哲学意义"道统"的确立者。他以"危微精一"即儒家十六字"心传"，阐述理想的"道统"，且将传承排列成一个谱系：上古圣神，继之尧、舜、禹、成汤、文武；然后孔子、颜子、曾子、子思、孟子；然后周子、"二程"承接千年不传之绪。从中可以看出，儒家道统传承自孔子之后，其重心已自觉地由君道转移为师道，教育成了传承的核心和重要载体。书院的种种功能都是围绕传道而展开。这是书院教育的重要功能，也是中华文明五千年不中断的原因所在。

  书院能够坚持思想学术的独立，很大程度上得益于办学机制。虽然有些书院得到官府的支持和褒奖，但大多数都是民间设立，其创建和运转主要依靠自身。本来"武夷精舍"的营建，作为时任福建安抚使的赵汝愚及志同道合者都表示要倾力相助，可朱子坚决谢绝支持。所以他的书院经费更为窘迫，甚至要以私人名义向建宁府的韩元吉告贷。有位颇有身份的学生胡纮前来书院，原以为会得到只鸡半鸭的接待，谁知道竟和师生共同"享受""脱栗饭""姜汁茄"，以致积怨甚深。"庆元党禁"时，已为太常少卿的他，落井下石，捏造了许多莫须有的事加害朱子。

新教材

四书道理粲然……何理不可容，何事不可为。

事实上，朱子很多著述大抵因为讲学需要而作。他编的教材是成系统和配套的，既考虑到受教育者年龄大小、身份不同，又考虑到不同学子禀赋差异，也注意到教材之间的平衡与衔接，还兼顾了儒家的经典与新近学术成果的关联。西方学者狄百瑞将朱子的教材分为十一项，从针对懵懂少年到皇帝达官，应有尽有。

其中最为朱子看重的当然是《四书章句集注》。中国古代教育经典原来是《六经》，汉以后失去了"乐"而为《五经》。随着时代发展，原来的经典对社会发展的指导性、与释老的抗衡的针对性、对学子学习的渐进性都存在明显的缺陷。朱子与时俱进地以《四书》代替《五经》。"大学""中庸"原是《礼记》中的两篇，而"论语"在汉代仅为小学所必修；"孟子"在此之前不具有经的地位。朱子让中国古文化主题更为鲜明，体系也更为系统，也让士子学习儒学更好地循序渐进。朱子明确了新旧经典的内在逻辑顺序：先《四书》后《五经》，前者是后者的阶梯。而就《四书》内部体系而言，应按"大学""论语""孟子""中庸"的顺序来学习："先读'大学'以定其规模，次读'论语'以立其根本，次读'孟子'以观其发越，次读'中庸'以求古人微妙处"。

值得一提的是《朱子语类》。它是朱子与弟子答问语录的汇编，其范围广泛，涉及众多领域，展现了朱子宏大的理学思想体系，是"新儒学"的精华，仿佛是"论语"的新版。朱子去世后15年，弟子们就开始了搜集，直到1270年，黎靖德集大成，编成了洋洋大观140卷本。胡适先生写过"《朱子语类》的历史"专文。吴坚在"建安刊朱子语别录长序"中说道："朱子教人既有成书，又不能忘言者，为答问发也。

天地之所以高厚，一物之所以然，其在成书引而不发者，《语录》所不可无也。"《朱子语类》不失为学习朱子思想的最好教辅，书中的问答方式也是书院教学的一种好方式。

新方法

昨夜江边春水生，艨艟巨舰一毛轻。
向来枉费推移力，此日中流自在行。

这是朱子《观书有感》诗的第二首，讲的是读书之法。第一种读书不得法，未下苦功，学不对路，犹如水浅时推移搁浅巨舰；第二种读书得法，痛下苦功，方法到家，如同春水涨发，巨舰行驶轻如鸿毛。朱子曾说过："道有实体，教有成法，卑不可抗，高不可贬，语不能显，默不能藏。"钱穆先生言："在理学家中，正式明白教人读书，却只有朱子一人。"有人将朱子的教学方法归纳为：对话法、讲授法、引导法、点化法、时习法、示喻法和感化法。我则总结为：共性与个性的统一，教育学习相长，致知笃行并重，课里课外结合。

朱子在书院教育还开创了会讲与升堂讲学的制度。1167年朱子造访湖南长沙，与张栻进行了著名的"岳麓会讲"。讲论涉及主题丰富，有"太极""中和""仁说"等等。讲论中争论激烈，门人范伯崇回忆："二先生论中庸之义，三日夜而不能合""讲论氛围热闹，学徒千余，舆马之众，至饮池立竭，一时有潇湘洙泗之风焉""自此之后，岳麓之为书院，非前之岳麓矣"。朱子修复白鹿洞书院后，又邀请与自己学术主张不同的陆九渊前来讲学，并让其打破惯例，留下提纲镌刻于石。"武夷精舍"期间，朱子曾言："过我精舍，讲道论心，穷日继夜。"朱子倡导的会讲与升堂讲学，打破了传统书院的门户之见，为不同学派的思想提供了学术交流、争鸣的平台。它对探索真理、发展文化产生了不可估量的积极影响。

优游山水、自然施教是朱子书院教育的另一特色。《礼记·学记》中言："故

君子之于学也，藏焉，修焉，息焉，游焉。"朱子深以为之。在他心目中，教育是生命教育，亦即完善生命、提升生命。"天地大德曰生"，要让学子"读万卷书"，更要让他们"行万里路"。所以在书院的选择上，应是山水绝佳处。议及白鹿洞书院所处地理位置时，他说："山中闲旷，正学者读书进德之地，若领访诸贤固心倡导，不以彼己之私介于胸中，则后生有所观法，而其败群不率者亦且革心矣。"朱子办学"武夷精舍"，更是把整座武夷山作为教学空间，经常带领学生游历灵山秀水，从中领略理学的深刻哲理。门人叶贺孙曾说："及无事领诸生游赏，则徘徊顾瞻，缓步微吟。"脍炙人口、流传百世的《九曲棹歌》就是这样写就的。

"兴发千山里，诗成一笑中。"此刻，朱子吟诵之声又回响耳边：

五曲山高云气深，长时烟雨暗平林。
林间有客无人识，欸乃声中万古心。

大宋社仓

◎祝 熹

乾道四年（1168）春夏之交，建宁府闹饥荒，崇安也不例外，五夫同样灾情严重。崇安知县诸葛廷瑞面对四乡八野此起彼伏的窘境，一时分身乏术。他派人送信到五夫，让奉祠在家的朱熹和五夫的耆老左朝奉郎刘如愚一起赈灾救民。

义不容辞，朱熹挺身而出，他和刘如愚挨家串户，劝勉富户拿出存粮，救助乡邻。几天后，乱哄哄的五夫略微安定下来。朱熹看着民户的炊烟陆续升起，稍稍喘息。突然，一位急急而来的乡民带来一个更令人不安的消息：邻县浦城盗贼作乱，离五夫不过20里了！

盗贼作乱，逼近五夫……朱熹与刘如愚忧伤相对，该如何是好？迟钝的建宁府终于作出反应，派出平乱的兵卒抵达五夫。浦城的民乱平定后，人心依然惶惑，五夫富户的粮食已告罄，百姓在青黄不接的粮荒中无法自救。前车之鉴，如果乡民继续受困，也可能像浦城的百姓一样揭竿而起。朱熹决定求助于崇安县和建宁府。建宁知府徐嚞答应送600斛粮食来。不是无偿救助，而是借粮。

五夫的潭溪和籍溪交汇后，潺湲流去，流到黄亭与崇安县奔腾而来的大溪会合。水流交汇处，建了驿站，叫黄亭驿。黄亭驿的溪边，朱熹举目远眺，建宁府派来的船只吃水很深，正满载米粮溯流而上。越来越近，朱熹和刘如愚心中沉甸甸的石头落地了。他们从五夫步行40里来到黄亭的满身疲惫顿时化为乌有。交割完毕。两人又率乡民将粮食运至五夫。五夫老小得了这些救命粮食而幸免于难。百姓欢

（张栋华 摄）

声雷动，震动邻县。

　　春夏之交的饥荒暴露了百姓不安定和官府不作为的大问题。

　　百姓不安定。浦城的盗徒直奔五夫的时候，建阳江墩（今江坊）村被盗贼焚毁，不远的信州盗贼开始聚众剽掠……浦城的贼首被建宁府擒拿后，也只是刺配，可笑的是，刺配的半路上，居然跑了。乱民四起，惩戒不严，一些奸猾的百姓愈发肆无忌惮……

　　官府不作为。五月底，朝廷得知饶州、信州、建宁府闹饥荒，建宁府的饥民啸聚起事，于是，派遣司农寺丞马希言和福建路提举常平官赈济饥荒。各州郡听说司农寺和提举常平司官员前来，繁文缛节的名堂整了一大堆，对上司的迎来送往被当成头等大事来抓，至于赈灾，也就随便地张榜公示说"施米十日"，等马车载米前来的时候，那些市井的游手好闲之人和县城附近的百姓分到些粮食，而深山穷谷仍受饥饿迫害的百姓却得不到丝毫救助；所谓的十日，也只是个虚数。马车一过，救助粮就不见影了。受到施米救助的百姓，所得的粮食也不多。

还好，危机不算久，早稻很快就丰收了。回想那段救灾时的乱象，朱熹对学生林用中说："世道衰弱，风俗浇薄，上下欺骗，没一件事是真的，可叹可叹！"朱熹对魏掞之说："今年的事情，没出大事，真是天大的幸运。"

话才没说多久，晚稻才种下去，崇安又闹起水灾。建宁府的檄文传到朱熹手中，要朱熹到崇安县去，与知县诸葛廷瑞商量赈灾恤民。

崇安县的水灾是局部的严重受灾，县西北崇山峻岭的村落受害尤深。朱熹翻山越岭，攀岩过涧，连续十天忙走于山谷间。朱熹给蔡元定的信中描述说："某自寺溪（位于今武夷山吴屯乡，该乡有寺溪、浴冰溪、新丰溪）入长涧由杨村以出，所过不堪举目……"寺溪、长涧一带，山高路陡谷深，洪患之后，遍地的沙石抹平了田野和纵横的小路，房屋被冲毁，百姓死伤几百人，许多生民家中凋零，只余下鳏寡孤独，一两户居住高处的农家算是硕果仅存了，哀号之声不绝于耳；灶膛炊烟冰冷，釜甑空空如也。朱熹带着米粮，挨户赈济，清晨在长涧头救灾，黄昏在长涧尾恤民。米粮发放了，民气却不易复苏，仍然满眼惨状。一些乡民也开始自救，他们扶起晚稻的初苗，修复沟渠，重建道路……老农远远见了朱熹，挥涕招手。朱熹叹道："老天啊，这些赤子是无罪之人；老天啊，你要有人间的父母之心啊！"

救灾结束，灯下，朱熹倦了，眼前浮起乡民的哀号、四野的疮痍，灯影中的朱熹为长涧留下了长长短短的四首诗——《杉木长涧四首》，其一为：

> 我行杉木道，弛辔长涧东。
> 伤哉半菽子，复此巨浸功。
> 沙石半川原，阡陌无遗踪。
> 室庐或仅存，釜甑久已空。
> 压溺余鳏孤，悲号走哀恫。
> 赒恤岂不勤，丧养何能供？
> 我非肉食徒，自闭一亩宫。
> 箪瓢正可乐，禹稷安能同？

> 揭来一经行，歔欷涕无从。
> 所惭越尊俎，岂惮劳吾躬。
> 攀跻倦冢顶，永啸回凄风。
> 眷焉抚四海，失志嗟何穷？

崇安七月的水灾没有殃及五夫，秋深之际，五夫稻黄柿红，是大丰年。建宁府知府徐嘉离职了，继任者是王淮。稻谷入库的冬天，淳朴的五夫百姓不忘当时建宁府的借粮救助，他们纷纷将借来的粮食统一集中到一民户家里，准备到时一起送回建宁府。朱熹望着不断挑担前来的五夫百姓，眼泪流了下来。他写信给新任知府王淮，准备往建宁府还粮。王淮很理解百姓，说："年岁或歉收或丰熟，世事难料，粮食就留在五夫以备不时之需吧！一旦又遇灾荒，也不会有往来运送的劳累。至于借粮的百姓，将他们的名册报送一份到建宁府来即可！"

自五夫的饥荒和崇安的水灾以来，朱熹四处奔走，部使的、常平司的、州府的与崇安县的官员并不上心救灾，既然新知府王淮理解百姓困难，暂且不要归粮，那就寻求长远的自救之策吧。

乾道五年（1169），朱熹和刘如愚又请示建宁府："每年春夏之交青黄不接之时，百姓都会遇到缺粮的困难，向豪家借贷，简直是借高利贷；向官府借，却路程太远。官粟摆在仓库没人借贷的话，存久了也就红腐不能吃了。五夫600斛的存粮既然还未入官库，就放贷出去，一石收息二斗。"

王淮说："照办吧！"

王淮离任后是沈度。

朱熹与刘如愚又商量："粮食贮存百姓家，看守出纳很不方便，不如建社仓储粮。"

沈度说："好。"他拨款60000钱用于帮扶建仓。朱熹寻了片黄氏废地，乾道七年（1171）五月，五夫百姓聚集过来，他们以高昂的热情投入社仓的建设中去。八月，社仓竣工。社仓的仓廒三间，谷本就是原来建宁府的600石借粟。

朱熹建社仓是一步一步预谋已久的操作。

（吴心正 摄）

　　大宋王朝建有常平仓，但常平仓建在府郡州县，乡里受灾时，救济慢，效率低，运送粟米时又劳民伤财，而且百姓不一定都能得到救济。为了乡里百姓考虑，建一座社仓，用于救济乡里百姓实是义举。常平仓是官方的仓储机构，社仓是民间的储备仓库。

　　朱熹的好友魏掞之先前就在建阳的长滩建过社仓，但魏掞之的社仓不收利息，朱熹每石收息二斗。那天，两位好朋友杯酒从容，整天讨论社仓之事。

　　朱熹的社仓是一年一放贷，收二斗利息；魏掞之的社仓是饥年赈灾，不收利息。

　　魏掞之说朱熹每年放贷收息有聚敛的嫌疑，朱熹说魏掞之的粮食饥年赈济容易腐变。

　　朱熹坚持收利息的做法，魏掞之不太认同，张栻也反对。张栻来信提醒说："老兄的乡里歉收，请求官府拨米储存，春天贷出秋天收回，所取的利息也不过是损耗的数量，却有利于一乡之人。可是老兄啊，有人说，你收二斗利息是在实行王荆公（王安石）的青苗法啊。"

　　王安石变法被否定后，他的青苗法也受到质疑。朱熹收的利息是二分，与青苗法正好相同，于是，朱熹的社仓被一些士人诟病。但诟病并不影响五夫社仓的良好运作。朱熹订立《社仓事目》，规范社仓的制度，要求政府介入，进行适当

古书院 古社仓　15

地监督，收粮和放粮的时候，申请建宁府派出县级官员一名到场监视。五夫的百姓原先好斗，简直不要命，有了社仓后变淳厚了；五夫的豪富原本刻薄和吝惜，现在也变慷慨了；五夫原来一遇灾害就生骚乱，如今一乡四五十里之间，虽遇凶年，也不会缺粮了。

> 度量无私本至公，寸心贪得意何穷？
> 若教老子庄周见，剖斗除衡付一空。

这是朱熹的米仓题诗，凡事求个公心，不可有贪意，米仓的出纳更是。

淳熙二年（1175）四月，春尽夏至，潭溪的紫阳楼迎来了一位不一般的客人——吕祖谦。第二日，先晴后雨，朱熹带吕祖谦到社仓去。吕祖谦喟然长叹说："老兄的社仓是周代的委积之法，是隋唐的义廪制度。建宁府那几位官员很有贤德，难得啊。老兄你的谷本取自官府，建成的社仓利民利国。我呢，回去后和乡人谋划，互相出粮当作谷本也建社仓……"

有些打算不一定能实现，吕祖谦回婺州后随即被起用，但身体太差了，回乡养病，三年后去世。吕祖谦积众人之力出粮建仓的心愿一生都未实现。

淳熙八年（1181），崇安开耀乡五夫里的社仓运行十年，社仓的储粮达3700石时，五夫向建宁府的借粟全部归还，以息米3100石为谷本继续放贷。之后，百姓借米归还时不再收取利息，每石只加收耗米3升，只占贷米数的百分之三。那时，魏掞之已去世，社仓开启的时候，朱熹就会想起他。朱熹说："忘不了我朋友去世前的教诲！"

也在淳熙八年，浙东发生大饥荒，当时让五夫百姓不要归还粮食的建宁知府王淮已经登上宰相之位。宰相王淮想到朱熹赈灾建仓的往事，便荐举朱熹为提举浙东常平茶盐公事，负责救灾。朱熹入京面圣，他向孝宗上奏，详述五夫社仓行之有效的经验，请求推广于各地，作为防备灾荒的久远之计。孝宗准奏。

五夫的社仓法成了大宋的社仓法，也等于实现了吕祖谦的心愿了。如今，五夫社仓辗转千年，静默伫立，向世人诉说那悠远的往事。

水月亭话"理一分殊"

◎张 渝

陪同作家朋友走进武夷山国家公园核心景区,大家谈及"双世遗",武夷山20多年前获得了这项殊荣,目前"双世遗"全球仅39个、全国仅4个。作家Z君说武夷山自然风光美不胜收,肉眼可见,但文化遗产一言难尽,游客需费一番功夫才能领略。我说岂止游客,当年联合国专家考察武夷山时,就有类似的感受和疑惑。

"哈哈,我说嘛。"Z君颇为得意,"后来呢?"

"后来老外们了解到朱熹在武夷山生活了近半个世纪,宋代新儒学(朱子理学)即为后孔子主义学说。明白武夷山与朱熹的关系,联合国的专家们才彻底折服了。"

朱熹早年从学、成长时期一直居住在武夷山五夫里古镇。Z君读过我写的那篇文章《欸乃声中万古心》,话题转向青年朱熹。朱熹19岁从五夫里乡间赴皇城临安(今杭州市)参加会试,临行前写下长诗《远游》,借屈原的题目吟咏自己的抱负:"远游何所致?咫尺视九州",为抵达"上有孤凤翔,下有神驹骧"的地方,表达了"峨峨既不支,琐琐谁能挡"的决心,抒发出"睥睨即万里,超忽凌八荒"的豪迈气概,最后不忘嘲笑"无为蹩蹩者,终日守空堂"。我的文章点明科举考试是那个年代儒生迈向仕途的必由之路,长诗《远游》展露了青年朱熹渴求功名的心迹。

朱熹顺利考中进士,22岁入仕,授左迪功郎,泉州同安县主簿。"世路百险艰,

古书院 古社仓 17

(邱华文 摄)

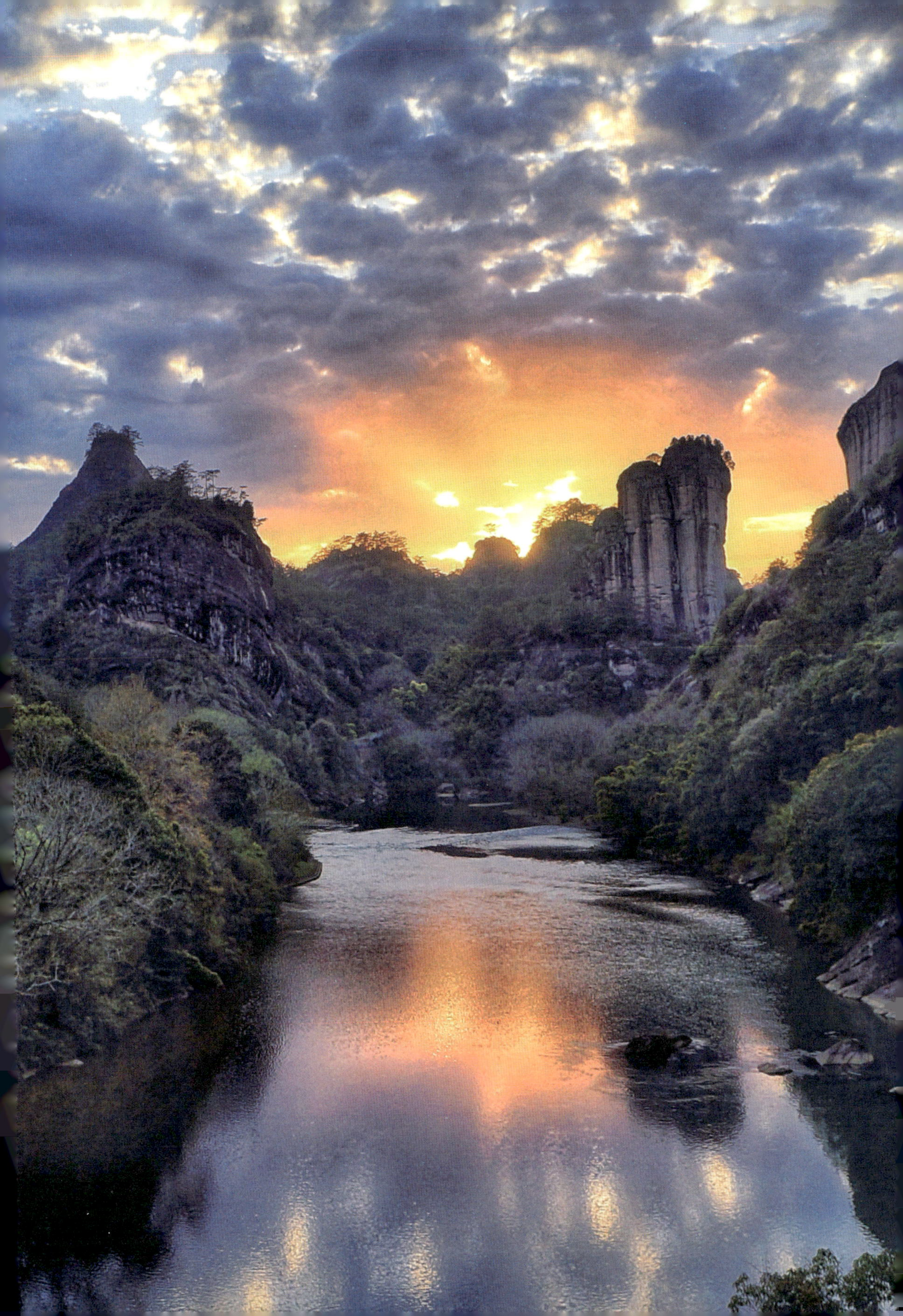

出门始忧伤。"远游迈出成功一步，坦途已然在脚下伸展，然而诡异的是，早在上路之前，朱熹就发出老者般的疑惑之声，感叹世路曲折，百般艰险。难道这会是一句谶语，昭示着日后仕途的坎坷？朱熹而立之年前，用了4年多时间完成福建同安主簿首仕，以他的能力和尽职尽责，按理说应该一路升迁，没想到却去湖南潭州监南岳庙，担任起赋闲的"祠禄之官"了。这是他的一次主动乞请，也可说是一种被动选择。

后来，祠奉的身份成为朱熹偏爱。他一生中乞请奉祠13次，共计21年9个月。这种管理宗教寺院之职，只需挂个名，俸禄虽少但可以不必赴任。"王安石的官制改革有此一项，奉祠由曾经少数权贵享受的待遇扩大至一般官员。这样朱熹才能够长期居住在武夷山故里，拥有大量时间著书立说，授徒讲学。"Z君说。

为了加深对世界文化遗产的印象，作家们在碧水丹山间追寻这位理学宗师和文化巨擘的足迹。在九曲溪五曲隐屏峰下的平林川，这里地势开阔，四周山高水深，朱熹当年率众弟子辟地数亩，躬画其处，得草堂木屋三五间，这就是著名的武夷精舍，经后人重修扩建，成为"武夷之巨观"。朱熹作诗《精舍》："琴书四十年，几作山中客。一日茅栋成，居然我石泉。"不待我解释诗中暗藏的玄机，Z君突然说要看看鹰嘴岩，我说鹰嘴岩离这里远，在另一条去水帘洞景区的线路上。显然他是受我写的文章误导，把接笋峰巨鹰当成鹰嘴岩了。

于是来到武夷山景致最为集中的云窝，登上接笋峰下面那块大岩石，这里坐落着一个长方形亭子，即著名的"水月亭"。朱熹当年夜晚讲学著述之余，常和好友、学生坐在亭子里，一边观赏武夷山的水天月色，一边品茗谈古论道。

山中的月亮寄寓着朱熹无尽的哲思，水月亭见证了哲学家孜孜不倦的求索。朱熹曾挥毫写下"天心明月"四个字，嘱人将墨宝镌刻在一线天至虎啸岩的楼阁岩崖壁上。朱熹由山中的月亮和九曲溪的月亮，联想到"一月映万川，万川总一月"的生动景象，引发出"理一分殊"的哲学思考。

"宋代新儒学关注'理一分殊'，几位代表人物都有过研究论述。"饱学之士Z君是行家，他打开了话匣子，谈起"理一分殊"的传承关系，话题固然深奥，但增加了大家对新儒学"理一分殊"的认识和理解。

水月亭（吴心正 摄）

"理一分殊"最早见于程颐《答杨时论西铭书》。张载《正蒙》有"民吾同胞，物吾与也"之说，认为百姓是同胞，万物是同伴。张载将这段话贴在住所的西窗上作为座右铭。因此程颐改其题为《西铭》。"程门立雪"的主人公之一杨时敏锐而善思，对张载的《西铭》产生疑问，认为《西铭》混同于墨家的兼爱论，弊端不小，于是写《寄伊川先生书》请教老师程颐。程颐回答说："《西铭》明理而分殊，墨氏则二本而无分。"首次提出"理一分殊"的概念来说明张载与墨子的差别，从此诞生了这个著名的伦理和哲学命题，强调万物一体但不排斥个体的特殊性。

杨时强化了对个体特殊性的认知，"理一分殊"推及社会层面："知其理一，所以为仁；知其分殊，所以为义。"杨时将"理一分殊"传授给罗从彦，罗从彦传授给李侗。弟子们继承其师的观点，理一为体，分殊是用。他们都更加重视"分殊"，把握问题精髓："吾儒之学，所以异于异端者，理一而分殊也。理不患其不一，所难者分殊耳。"

传承到新儒学集大成者朱熹这里，"理一分殊"的命题也得以集大成，阐释继续深化。或许是通过武夷山水月亭观察月亮得到启示，他从佛教"月印万川"视角看"理一分殊"。天上只有一个月亮，但江河湖海水面上却有万千个月亮，这水中的每一轮明月都分享了天上那一轮明月，就像天底下终极之理只有一个，但它派生出的万事万物，每一个事物无不蕴含着这个永恒之理。

朱熹赞赏张载《西铭》，在注释《西铭》时进一步阐述，天地由理派生出来，所以是"理一"；而万物产生后，不可避免就有了"大小""亲疏""远近"的差别，所以是"分殊"。"分"的含义包括"分享""份额"或"等级"；"殊"则指"多"或"差异"："万物皆有此理，理皆同出一原，但所居之位不同,则其理之用不一。""而人物之生，各亲其亲，各子其子，则其分亦安得不殊哉！"

作家 Z 君认为，在社会层面，朱熹重视礼——古代中国社会的秩序，维护高度发达的社会等级制；在形而上的哲学层面，"理一"成为主宰万事万物的"天命""天分"。

我写的文章曾作过粗浅研究，对朱熹官宦生涯的沉浮多有困惑。听 Z 君一席话似有所悟。或许是一种巧合，朱熹本人一生仕途的境遇，惊人地暗合着"理一分殊"。

朱熹 22 岁入仕 67 岁被免官职，45 年时间担任过 6 次本官、13 次奉祠，封授的官阶只有 4 个：22 岁至 44 岁这段漫长的岁月里，朱熹的官阶为左迪功郎，文官 37 阶中最低一级，相当从九品官员。左迪功郎之后，朱熹在文官 26 级的宣教郎官阶（正七品）又历时 15 年，59 岁才升至文官 22 级朝奉郎（正六品），与他当时名满天下的学界泰斗地位并不匹配。晚年朱熹 66 岁至 67 岁时，被封授的最后一个官阶为文官 19 级朝奉大夫（正五品）。

这是一份颇为尴尬的记录。后世尊崇朱熹而诞生的朱子学，连篇累牍的文章和著述，大都褒扬他的政论、政见和政绩，却对他仕途的坎坷语焉不详。

早年的仕途热情，在长期安于"祠禄之官"的朱熹身上逐渐冷却。当然，他并非一开始就能够做到荣辱不惊，面对宦海沉浮所持有的那种超然态度，应该说有一个曲折而隐晦的过程。武夷山中水月亭里参悟"理一分殊"的收获，或许可以成为窥探他复杂心路历程的密码。

除了偏爱"祠禄之官",朱熹一生中还有一个特别的现象:他总在不停地辞官,一直拒绝朝廷的任命,据说递交辞呈多达不可思议的27次,甚至到了朝廷直接下令"不许辞免"的地步。这固然有后人常说的不屑仕途倾轧、与权贵官僚意见相左、看透朝廷昏聩和官场黑暗等因素,但我写文章细究之后发现,他辞的多是武学博士、枢密院编修官、秘书省秘书郎、直徽猷阁等或级别低、或文秘类、或荣誉性的职位,对知南康军、提举江西常平茶盐公事、知福建漳州、知湖南潭州兼荆湖南路安抚使等有实权、主政一方的职位,他基本不辞,或辞得没有之前坚决,朋友劝劝都能够走马上任。因此笔者认同一种观点,朱熹很多时候的"辞"是一种以退为进。宋代官场流行权贵"举荐"官员,儒生们寄望得到权贵赏识。朱熹格局很大,历史文献留下了他写给皇帝、宰相的书信,洋洋洒洒纵论帝王之学、《大学》之道、抗御金军等治国方略,固然表达了直谏的忠心和报国的热忱,但也可视作一种更加高明的变相争取"举荐"。朱熹在官阶较低的左迪功郎和宣教郎时期,似乎常有不甘于"所居之位"的表现,恪守"分殊"本分的同时,他也以自己的方式博取功名。

当然,朱熹出任本官实职,特别是几次做地方"一把手"时,能力出众,治绩显著。可朱熹主要是以文名或诗名被权贵们"举荐",不为孝宗皇帝重视,朝廷对这位儒者的政见和施为视而不见。所以,朱熹一生担任实职的时间累计不足8年(其中同安主簿占4年3个月),施展政治才华和抱负的机会十分有限。

具有戏剧性反转意味的是,武夷精舍山居岁月后,当朱熹受到周必大、留正、赵汝愚等名相重臣"举荐",先后获光宗、宁宗两位皇帝首肯,被提拔担任一些实职、要职时,他主动放弃。他几次出山赴任加起来的时间不足一年半,先后以"衰朽多病""足疾""眼昏耳聋"等理由告辞返乡。

因为他明白自己"天命""天分"所在。武夷山水月亭思索"理一分殊"的结果,对"分殊"的认知似乎带来了一种清醒和豁达。按世俗眼光看,他一生在文官37级官阶中"所居之位",饱受"等级"之窘。但与此形成鲜明对比,朱熹的学者之路卓尔不群,50岁之前就完成了《近思录》的编纂。这是一部被誉为"圣学之阶梯""理学之始祖"的著作。朱熹"得其门而入",可以说已经踏进圣贤大道了。

武夷精舍8年是一个继往开来的时期,和寒泉精舍、白鹿洞书院等时期一样,都是朱熹著书高峰、人生高光的时期,他修改或新撰完成了《大学章句》《中庸章句》《大学或问》《中庸或问》《周易本义》《易学启蒙》《小学》等大批论著。此后他对《大学章句》《中庸章句》《论语集注》《孟子集注》又几易其稿,在建阳考亭书院完成一生最重要的著作《四书章句集注》定本,前后耗时近40年。

朱熹好友辛弃疾曾写十首诗呈晦翁,其中有"山中有客帝王师,日日吟诗坐钓矶"诗句,借姜太公典故比喻朱熹。没想到一语成真。朱熹生前屡屡上书几位皇帝,阐述先王之道、帝王之学,晚年被任命为焕章阁待制兼侍讲,虽不为皇帝待见,总算正式当了46天"帝王师"。朱熹辞世多年后,真正视他为师的皇帝出现了,理宗高度赞赏朱熹新儒学,称其"历万世而无弊",封朱熹为太师、信国公,后再封徽国公,下诏将他列入孔庙从祀。此后元代惠宗、明代朱元璋、清代康熙等人也尊朱熹为孔子之后第一大儒,特别是康熙亲书"学达性天""大儒世泽"等匾额赠武夷精舍、考亭书院等,并赞朱熹"集大成而续千百年绝传之学,开愚蒙而立亿万世一定之规"。有这些皇帝做推手,朱熹《四书章句集注》等著作列为国学,纳入朝廷官学体系和科举教材,产生了如钱穆所说中国历史上"前古有孔子,近古有朱子"的影响。

来到Z君挂念的我文章所写到的那个场景。这一次,和几位作家走出水月亭,站立在接笋峰下方那一处特定位置,抬头向上仰望,看见了那幅激动人心的画面:接笋峰硕大的石壁像极了一只巨鹰,昂首伫立,目视远方,张开了巨大的臂膀振翅欲飞。

作家们惊喜连连,忙不迭地举起手机拍照、拍视频。

"鸢飞鱼跃!"Z君说,"我终于明白朱熹为什么如此喜欢这句话,因为水月亭烙印深啊!"

鹰在武夷山山中驻足,鹰翱翔在广阔的天空。"咫尺视九州",鹰从太古岁月穿越时空而来,又将飞往遥远未来。

武夷宫名观传承

◎罗小成

武夷宫又名会仙观、冲佑观、万年宫，坐落于武夷山景区大王峰的南麓，前临九曲溪口，是历代帝王祭祀武夷君的地方，也是宋代全国六大名观之一。

武夷宫是武夷山最古老的一座宫殿。最初，汉武帝曾在这里设坛以乾鱼祭祀武夷君。初建时，武夷宫并不在今址上，而是筑屋于一曲的洲渚上。唐天宝年间（742—755），唐玄宗派出大臣登仕郎颜行之来武夷山，封这座山为"名山大川"，始建冲佑观，并立碑为记。唐末王审知，大兴土木扩建，改为武夷观，称为天宝殿。到了南唐保大二年（944），元宗李璟为其弟李良佐"辞荣入道"，才移建今址，名"会仙观"。会仙观建成后，历代笃信仙家的封建统治者，都不惜花费重金，多次修葺、扩

（邱华文 摄）

(邱华文 摄)

建这座宫殿。北宋真宗咸平二年（999），御书赐额"冲佑"，改名"冲佑观"；大中祥符二年（1009）诏广观基，增修殿宫，建筑面积达11000多平方米；自乾兴至熙宁末，皇帝遣使降告，赠送金龙玉简凡20次。

冲佑观在北宋时已成为全国六大名观之一。到了南宋，已扩建成为规模宏大的宫观建筑群，前有牌坊，坊额曰：渐入佳境、汉祀亭、弄卓台；后有宾云亭、玉皇阁、法堂；东西两廊，廊外有道院、祠堂和仓库等。《武夷山志》有诗为证："浓郁万树藏深殿，翠扫诸峰半入楼"，整个冲佑观都被深藏在绿树重荫之中，藏而不露，露则生辉，曾有"名山巨构"之誉。历代皇家对冲佑观均有朝廷赐田，多达一万多亩。据《武夷山志》记载：北宋元符元年（1098），汴京大旱，朝廷派使者到武夷山冲佑观祈雨获应，汴京春风化雨，旱情解除，朝廷大喜，户部一次赐给钱币80万，冲佑观声名日播。

武夷宫在宋代改名为冲佑观后，成为朝廷安置闲官散职的好去处，许多宦途失意而又有较高声望地位的朝官都以种种理由"赋禄请祠"，到冲佑观任提举或主管。从徽宗至宁宗嘉定年间，先后有25位名士到武夷山冲佑观任职，他们是程振、刘子翚、张维、辛弃疾、林大中、黄永存、王顺愈、李祥元、黄度、陆游、彭龟年、张栻、傅自得、朱熹、叶适、吕祖谦、王自中、郑侨、薛叔似、刘光祖、陈舜中、魏了翁、赵善香、张忠恕和黄榦。这些人都是当世名儒，秉性刚直清廉，具有民族气节，道德文章值得后人钦仰，遂使这历史悠久的宫观，成为传播理学的重要场所。

冲佑观是宋代理学家们喜爱驻足之处。朱熹曾和师友门徒游遍武夷山千岩万壑，自称："琴书四十载，几作山中客。"淳熙二年（1175），他受命主管冲佑观，达4年之久。这对朱熹来说，是很好的安排，因为朱熹对冲佑观仰慕已久。早在朱熹师事刘子翚时，那时刘子翚任冲佑观主管，朱熹就多次到冲佑观垂教，凭吊古今圣贤。朱熹从心里仰慕他们，也想仿效他们高雅脱俗的志士之风，所以一接到朝廷任命他主管武夷山冲佑观的差遣，就愉快地接受了任命。

武夷山乃道教第十六升真元化洞天。三三、六六武夷山峰中到处都有道教的道观，冲佑观是其中最大的道观，藏有道教的经典著作，如《阴符经》《参同契》《无极图》等书籍中关于阴阳、动静的论说，对于朱熹进一步研究周敦颐的《太极图说》很有帮助。在此期间，他蛰居冲佑观中，潜心著述，广交学友，切磋学问，在九曲溪两岸留下许多摩崖石刻。淳熙二年（1175），朱熹与何镐、刘甫、蔡元定等在响声岩留下纪游题刻。过3年，朱熹又与隐居水帘洞的刘甫等人论学，刻崖纪事于响声岩，并刻下"逝者如斯"的摩崖石刻。朱熹在主管冲佑观期间，写下了《题冲佑观》："清晨叩高殿，缓缓绕虚廊；齐心启真秘，香霭何飘飚。山门恋仙境，仰道云峰巷；踌躇野水际，顿觉尘虑忘。"朱熹晚年居住建阳，但他仍然惦记冲佑观。逝世前5年，他最后一次来到冲佑观，并在他以前宿居的观妙堂墙壁上题字，表彰中书舍人李弥逊反对秦桧再相，反对屈膝议和的崇高气节。

元泰定五年（1428），冲佑观为观为宫，称万年宫。明正统四年（1439），观毁于兵燹；天顺、成化年间（1457—1487）虽经官府多次拨款修葺，都未能恢复旧观；嘉靖四年（1525），观又遭火焚，次年创复。到清末，又加倡修，即现在的武夷宫。武夷宫建筑群的布局，按现存的《冲佑观图》大致是这样：门前，是一座牌坊，曰："渐入佳境"；进门，有一口长方形的水池，跨过架在水池的望仙桥，便是二门；二门之内，有拜章台和汉祀亭。再进去，是一片广阔的石坪，

（邱华文 摄）

主殿就落在石坪正中。楼下三清殿，祭祀玉清元始天尊、上清灵宝天尊、太清道德天尊、楼上是玉皇阁和宾云亭。主殿的北面是法堂，东西两侧，各有一条长廊，廊外还有道院和祠堂等。庭院里的两株桂树，是宋代遗存下来的，左边的一株已有900多岁，右边的一株已有800多岁。

武夷宫经过宋、元、明、清多个朝代整修和不断扩建，新中国成立后，国家重视历史文物保护，武夷宫再次得到了空前的整修和扩建。作为武夷山国家风景名胜区的核心部分，现在的武夷宫景区由多处景观组成，主要景观有：武夷春秋馆、三清殿、大王峰、幔亭峰、狮子峰、换骨岩、三姑石、宋街、朱熹纪念馆、柳永纪念馆、武夷山庄、幔亭山房、彭祖山庄及万春园、兰亭学院分院等。武夷宫可谓集自然景观、人文景观、园林建筑、历史文化古迹为一体，以崭新的面貌呈现在世人面前的名胜景区。

水 云 寮

◎范传忠

武夷山景区的古代书院数量多,仅有据可考的就有30多处,大多分布在九曲溪的两岸,建筑与自然山水融为一体,风景各异。因建造年代久远等诸多不同因素的影响,目前这些书院大部分都已倾圮,仅存遗址。水云寮——理学南传起点,坐标位于九曲溪之五曲云窝的铁象岩上、接笋峰西北麓。据载,北宋元符二年(1099)为游酢(1053—1123)所建。游酢去世后,后人为纪念他有理学南传

(邱华文 摄)

闽境之功绩，把水云寮改称鹰山祠。南宋绍熙元年（1190），游酢的后裔游九言（1142—1206）游览武夷山水时，请名匠在水云寮石壁上镌刻"水云寮"三字，作为对祖辈在武夷山创建理学源流——闽学的纪念。清代游云章在俗名横岩的水云寮旧址上建云寮书院，后亦废。

游酢，字子通，后改为定夫，号广平，世称鹰山先生，建州建阳人。宋神宗元丰六年（1083）进士及第。程门（程颢、程颐）四大弟子之首，是程颢（1032—1085）、程颐（1033—1107）理学南传闽境的首批传人之一，开创闽学的先驱，是北宋哲学家、理论家、教育家、文学家。据载，游酢少年时就聪慧过人，被誉为神童。16岁时受教于族父游复、江侧等，研读经书和文学。20岁时，慕名赴洛阳拜见程颢。著名的尊师典故"程门立雪"说的就是游酢和杨时（1053—1135）在洛阳雪中求学于程颐的情景。游酢与杨时学成南归之时，程颢深感欣慰，并称"吾道南矣"。游酢"载道南归"之后"创建州理学之始"。游酢在新学风和思维方式形成的过程中，宣扬了天理论，将"理"视为哲学的最高范畴，认为"斯理也，仰则著于天文，俯则形于地理，中则隐于人心"，理是天地人的本体，是宇宙的根源；明确了宋学治学的思维方式，推出学以致用、传统为现实服务的学风和思维理念。游酢对理学的诸多见解以及他所掌握"二程"的第一手资料，成为后来朱熹（1130—1200）编辑"二程"的主要材料来源。游酢著有《易说》《中庸义》《论语杂解》《荆斋诗集》等。

据清代董天工《武夷山志》记载，九曲溪五曲云窝历来是古代文人墨客、名宦隐者潜居养心之所在。云窝有上、下之分，铁象岩之上称上云窝，岩下叫下云窝。云窝有大小洞穴十余处。每当冬春二季的早晚，从洞穴里常常会冒出一缕缕淡淡的云雾，在峰石之间轻飏游荡，时而聚集一团，时而又飘散开来，舒卷自如，变幻莫测。云窝就位于接笋峰下，《武夷山志》："诸曲唯五曲地势宽旷……面向晚对，远近拱立者为玉华、接笋、城高、天柱诸峰。溪过其前，萦绕如带，冲融淡泞，流若织文。此九曲正中也，溪山之胜极矣。"宋绍圣三年（1096），游酢回建阳为父守孝。宋元符元年（1098），他在家乡的长坪鹰山之麓建草堂，开始讲学著述。宋元符二年，游酢在调任泉州签判前，于云窝接笋峰下筑水云寮专注研究各类经史，潜心著述，聚徒讲学，积极传播理学要义。水云寮因此成为理学南传第一站。

水云寮，后毁于兵燹。现遗址长约30米、宽约35米，竖立有遗址解说碑。原址高耸的岩壁上题写"水云寮"三个大字，保存完好。遗址上有一六角亭址，对角线长5.4米、边长2.65米、边距4.8米，亭址周边以方石砌成，内以河卵石铺就。遗址西北侧一块斜卧的巨石上有两个就石打凿出的长方形水池，上池长3.06米、宽2.3米、深2米；下池长3.3米、宽1.5米、深1.8米。接笋峰的西麓还有一石砌山门，为水云寮后门。石拱圆门顶，门宽1米、高2米，门墙高2.55米、宽4.9米、厚0.42米，堵住峡谷。门内侧上方嵌有石门轴，下方就石打凿轴孔。门内有坪，长6.3米、宽6米，块石铺就地面，砌有石桌凳。额勒草书"崖云"二字。

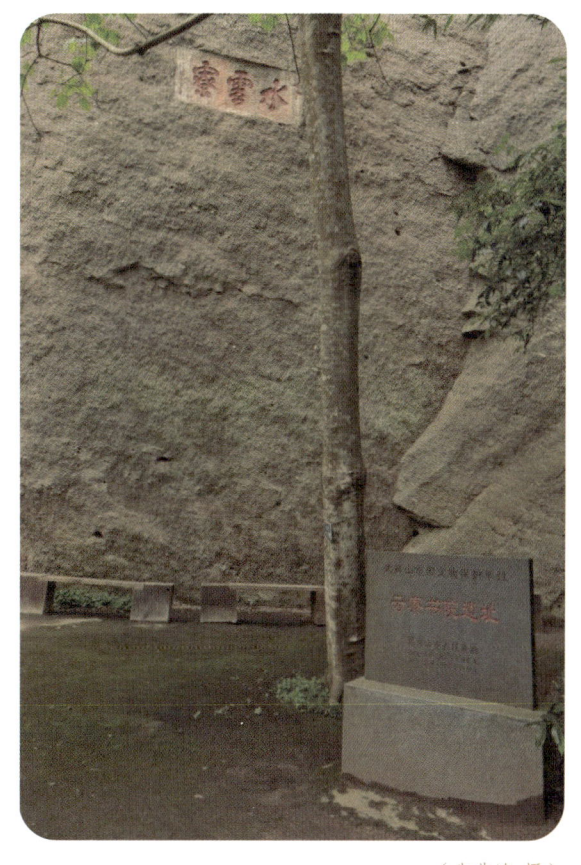

（朱燕涛 摄）

隐者留名幼溪草庐

◎ 魏 冶

武夷山五曲云窝旁有一飞檐亭,名唤"青莲亭"。亭子得名于其下巍然巨石上的"石沼青莲"四个字。这个石刻,以及五曲周围众多字体各异、大小不一的摩崖石刻,皆出自同一人之手——明朝隐居武夷山的陈省。

提到莲,中国人自然能想到周敦颐。陈省的题词也确与周敦颐有关,陈省在武夷山五曲筑起的草庐,正好和周敦颐后裔所筑"爱莲堂"为邻。陈省遂以莲高洁的精神为寄托,凿池植莲,并刻石明志,致敬这位五百年前的先贤。

武夷山自古以来备受名士青睐,朱熹、辛弃疾、陆游等人都曾在此流连,但论起时间之长(13年),在一个地方停留之久,陈省大概是数一数二的。

陈省是谁?他本是福建长乐人,明朝末年进士,为官期间以安抚东阳饥民、平息义乌矿盗闻名。他做过山西道御史,巡按过山海关,深知边患和民苦。他最有名的事莫过于劝谏了皇帝的南巡。当时明世宗欲费资亿万南巡,首相徐阶多次苦谏均未被采纳。陈省上疏切谏,世宗被他的上疏触动,罢了南巡之议。古代皇帝南巡,不仅耗费奢靡,可能还要死不少人。陈省以一言拯救黎民于水火,首相徐阶感叹不已:"真乃一言回天也"。

陈省有能力、有德行,却缺乏运气。因为能力出众,他深受内阁首辅张居正的赏识,1582年被擢升为兵部侍郎。但仅仅一年后,明神宗就开始清算张居正,他被当作张党也无辜受牵连。官是做不下去了,他打点行装,黯然南下。

（吴心正 摄）

武夷五曲的风致，朱熹在诗里说得很明白："五曲山高云气深，长时烟雨暗平林。"五曲平流，溪面疏朗平静，溪岸平整开阔，正是横渡的绝佳地点。陈省在1583年的某个日子来到这里，身份大概是一名渡客。这名渡客看了这里的山水，决定留下来，做一名隐者。

这其中起决定作用的是什么？

我觉得，因为陈省也走到了人生的渡口。渡河还是驻扎，就是此岸彼岸的选择。

无论如何，他选择留了下来，并在溪边重新整理出一块空地，建设出一个更加适用的渡口，并把自己的号冠之其上，称之为幼溪津，把自己所筑的房舍，称为幼溪草庐。

我们只能从他在武夷山水间留下的痕迹来辨认他的心迹。在许多摩崖石刻上，他都留下"幼溪"的号，但在写法上，幼字右边的力字却皆不出头。也许是命途蹭蹬的自况，也许是隐而不出的决心，也或许兼而有之。

陈省这个名字是特别的。子曰，吾日三省吾身，陈省是否如名所示，每日都

(邱华文 摄)

在山光水色间自省？自省些什么呢？我们能知道的是，他把许多的情感，寄托到了"云"上。

陈省筑幼溪草庐的地方，称为云窝。武夷山的云朵千变万化，极具姿态，其中又以云窝为最。陈省居于此，看遍朝暮四季云彩，一口气留下"云寰""云路""云关""云台""留云""嘘云""卧云""云石堂""栖云阁""白云深处"等一系列以"云"为主题的摩崖石刻，蔚为大观。

周易玄而又玄，正适合在云中揣摩。陈省一生著述甚多，著有《幼溪集》4卷、《武夷集》4卷、《武夷咏》3卷、《得闲子》4卷等书，并批点《十七史》。其中研究《周易》的成果，大多在武夷山取得。

明末首辅叶向高曾不无遗憾地评说：陈省被张居正重用，是他本人的不幸，以陈省的才干器识，即使不遇张居正，也能青云直上，陈省因张居正罢官是国之不幸，可谓"唯公惠楚，唯楚累公，于公何伤，国失栋梁"。据说陈省对此不以为然，他认为邦有道则仕，无道则可卷而怀之。然而作为深研儒家经典的名士，抛开个人荣辱沉浮，眼见国势日颓，心中果然能平静无波？

1612年，陈省去世，那时候的大明王朝已经风雨飘摇。仅仅4年后，努尔哈赤就统一了女真各部，建立政权，敲响了明朝的丧钟。山雨欲来风满楼，这一切，陈省不可能没有察觉。一个公忠体国之士内心岂能不痛苦？尤其他还是那个曾经能"一言回天"的人，他的内心，想必经历不少挣扎，其心内波澜是否折如九曲，我们已经不可能了解。"青山容易孤臣老，沧海驱驰国士忧"（叶向高语），五百年后，山水依旧，唯有五曲幼溪津的绿树和碧波在默默诉说。

水帘里有洞天

◎吴佳慧

（吴智成 摄）

武夷山北景区，有一由岩体崩塌而形成的巨大凹洞。洞高70余米，宽百余米，丹崖高耸，崖顶斜覆，下部收敛。雨水丰沛的季节，两股飞泉自近百米高的斜覆崖顶倾泻，在山风中飘飘洒洒，断线成珠，又串珠成链，摇曳摆动，坠入崖脚天然水池，宛如巨幅雨帘垂挂，故名水帘洞。崖脚水雾缭绕，水汽氤氲，由崖脚沿石阶登上岩腰洞穴，可见丹崖崖壁题刻纵横，有明代景名题刻"水帘洞"以及楹联题刻"今古晴檐终日雨，春秋花月一联珠"；有清代撷取朱熹名句"问渠那得清如许，为有源头活水来"的题刻"活源"；有民国赞景题刻"水帘晴雪"等。

　　此地不止景胜，亦是儒、道胜地。因有斜覆崖顶遮蔽，下部收敛的洞穴内风雨不侵，又有山环水抱，作为身心和灵魂的安置之所，再合适不过。据史料载，洞内先后有岳卿书室、屏山先生祠、三贤祠、三教堂、水帘道院等。如今，饱经风雨的三贤祠仍在，其左为水帘道院遗址。

三教堂

　　三教堂实属一个意外而奇特的存在，其起始于何代，存续多久均不得而知。在清董天工《武夷山志》可找到有限的相关记载："水帘洞正中，瀑布落其前，祀至圣孔子以及老子、释迦，曰三教堂。"一堂同祀孔子、老子、释迦，不能不称奇，并有传说：三教堂由儒、释、道轮流管理。而董志载三教堂由释、道轮流管理，"且闻向来羽士住持，则以老子居中；衲子住持则以释迦居中"。儒者董天工显然不满于至圣先师孔子与释道两教并列，并被释、道管理，于是在志书中紧接着发表个人看法："唯吾师孔子屈尊处末，亵渎已极，是所望于崇邑当事诸君为之整饬耳！"据传，董

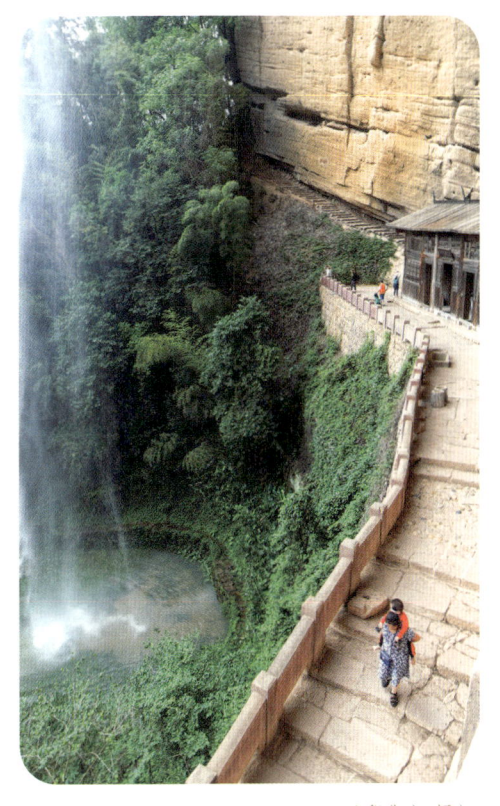

（邱华文 摄）

天工"整饬三教堂"之望并未实现,又有说三教堂实则就是由儒、释、道轮流主持。三教堂早已圮废,其后的具体命运如何不得而知,但武夷山三教同山确是不争之事实,位于八曲溪北武夷三十六名峰之一的三教峰是另一直观写照。武夷的儒释道同山,儒释道的交互往来,为理学形成贡献了哲学条件。朱熹正是在采撷道教精华、吸收佛学朴素思想的基础上,集理学之大成。儒学、佛教、道教共荣于一山,使得武夷山历史文化因包容而丰富,愈发深厚、灿烂。

"千载儒释道"的武夷山,吸引无数儒者、僧人、羽士在此驻足停留。水帘洞内筑室读书的儒者、羽化登仙的道士,祠堂里轮换的神位,在不同时间节点来到此处的他或他们,是否都曾发出这样的叩问:那百米丹崖、那崖顶倾泻而下的泉水,是否千年如斯?崖壁上保存着的、消失了的题刻,是在提醒时间的永恒还是转瞬即逝?他或他们在山水里寻找答案,在儒释道的哲学里寻找答案。儒释道有了共同的诉求:于瞬息万变的尘世寻找身、心、灵的安顿之法,武夷的山水之胜,水帘里的洞天,恰好成为这一方承载之地。

由水帘洞沿凭栏赏洞外之景,透过飘洒飞散的水帘,但见山间茶园层层错落,草地碧绿蔓延,白鸽阵阵飞起,游人融洽惬意……

三贤祠

三贤祠中的三贤除刘子翚、刘甫外,另一位即是理学大家——朱熹。朱熹在武夷生活学习、著述讲学、授徒传道近半个世纪,朱熹理学在武夷山孕育、形成、发展。曾为王者师的朱熹,一生数次在官场和武夷山水之间进退,从15岁定居武夷到71岁去世的近60年时间里,仕于外者仅7年3个月(担任同安主簿、知南康军、提举浙东常平茶盐公事、知漳州、知潭州等),立于朝者46日(即宁宗初年除焕章阁待制兼侍讲,为宁宗讲《大学》),其余近半个世纪的时间都以祠禄在武夷讲学著述,完成著述70余部。朱熹正是因为有了退居武夷潜心读书著述的漫长安静时光,所以取得理学上的巨大成就,成为宋代学术上造诣最深、影响最大的理学家,被后世尊为朱子。除读书著述外,朱熹还致力于收徒讲学,开办书院,使武夷理学之风盛行,成为宋明理学的重要阵地,吸引大批学友门人来此学习交流。

朱熹和刘甫的友谊在理学的发展中延续。然而知无涯而生有崖,两位学者相继迎来了人生的终点。刘甫生卒年不详,从现有资料可知其先于朱熹去世。清代董天工《武夷山志》记载,刘甫去世时,朱熹以诗哭之曰:"曾说幽栖地,君家近接连。欲携邀月酒,同棹钓鱼船。遂尔悲闻笛,真成叹绝弦。林猿催老泪,为汝一潸然。"朱熹此时亦是年岁渐老,故人学友辞世,难免感慨万千,悲从中来。庆元六年(1200),古稀之年的朱熹去世。邑人增二人神位配祀,改屏山先生祠为三贤祠,以纪念武夷山儒学的三位先贤。

三贤祠创建后,刘氏宗族、朱熹门人及生前好友均常来祭祀凭吊。元初世祖为笼络汉人心,首尊理学,此祠亦曾被重视。而后三贤祠一度为僧道所占据,景泰年间(1450—1456),贡生刘照重修并复为祠。清康熙年间,祠堂被泉州僧人景真占领,并改为茶行。刘子翚的后人刘秉钦、刘秉镇向官府申告。申告之后,福建巡抚张伯行下令饬禁,驱逐僧人景真,恢复奉祀刘子翚等,并将禁令镌刻于水帘洞岩壁上。三贤祠后又几经圮毁重修,旧貌未改。1999年,三贤祠再次进行修整。现存三贤祠为木结构建筑,建筑宽5.6米,深4.1米,占地长27米,宽约12米。单层,左、中、右三间。中间供奉三尊塑像,中为刘子翚,左为刘甫,右为朱熹。匾曰"百世如见",联曰"理穷诸史道溯洙泗,学冠全经教渊二程",皆为朱熹所题。祠左岩壁上清康熙四十八年(1709)官府保护三贤祠的批示,依旧完好。

三贤祠左为水帘道院遗址。南宋道士江成真在此创建清微洞真观,后废。明嘉靖初(约1526),道人杨本空复建,称水帘道院。嘉靖年间,崇安人王广在道院修行,坐化洞中,留下遗蜕。同朝,钦差大臣樊献科巡行至此,易其名为"白龙观"。今道院已废,仅留石门、石龛等遗迹。

岳卿书室

岳卿是南宋隐士刘甫的字,其为崇安人。《雍正崇安县志》卷六下隐逸中记刘甫:"字岳卿,栖隐武夷山北水帘洞。枢密刘珙将奏以官,辞不愿。尝与朱熹、

（陈美中 摄）

蔡元定考究义理，不及利禄，翛然迥出尘表。"刘甫终身不仕，从的是父亲的遗愿。父名刘衡，高宗建炎初以勤王补官，从韩世忠败金人于濠，累功迁秩。晚年弃官归，潜心邵雍之学，建"小隐堂"于五曲茶洞，在武夷隐居以终。刘甫聪敏、性孝，随父受学，遵父遗志，隐居水帘洞读书治学，开办岳卿书室。他从学刘子翚，与朱熹是学友。刘子翚曾携朱熹等高徒在岳卿书室讲学。赤崖内、水帘旁，岳卿书室里，一众师生学友赏玩山水，往来唱和，讲学论道，考究义理，构成武夷山水人文盛景中的一幅画卷，也成为武夷儒学发展渊薮的一个截面。

屏山先生祠

屏山先生是刘甫的老师，名刘子翚（1101—1147），南宋理学家、文学家，

学界称屏山先生，崇安五夫里（今五夫镇）人。父兄为抗金名将刘韐、刘子羽，其先亦为官从戎，后因体质羸弱，辞归武夷山。绍兴元年（1131），刘子翚辞去兴化军（今福建莆田）通判，请祠主管武夷山冲佑观，从此终生隐居武夷授徒讲学。刘子翚诲人不倦，扶掖后辈，有很多颇有成就的学生，如刘珙是宋代名臣，朱熹为理学家。刘子翚精研佛道，学生朱熹就是在他的影响下，出入佛老十余年；其对诗文亦有较高造诣，著有《圣传论》《屏山集》20卷。绍兴十七年（1147），刘子翚逝世，岳卿书室改屏山先生祠，供奉刘子翚神主。朱熹亲题"百世如见"匾额，意为百世之后见之，还仿若亲眼看见本人一般。一众师生学友，老师仙逝，以神位驻于祠内，亦驻于学生心里，并表于后世，由此可见师者之位高而重。

　　武夷儒学一脉在师生间传承发展，朱熹吸收释道精华而集理学之大成，曾经的学生，成为门人众多的师者。淳熙八年（1181），51岁的朱熹带着高足蔡元定等人，应刘甫的邀请，重游水帘洞，朱熹手书纪游。清董天工《武夷山志》记载

(邱华文 摄)

水帘洞有此纪游题刻,如今却难寻踪迹,或许是日久风化所致,抑或是被崖上藤蔓所覆盖。而另一幅朱熹与刘甫等学友和门生同游的题刻,如今依然清晰保存在六曲响声岩岩壁:"淳熙戊戌八月乙未,刘彦集、岳卿、纯叟、廖子晦、朱仲晦来。"淳熙五年(1178)八月,刘彦集(刘子祥,崇安学者)、岳卿(刘甫)、纯叟(刘尧夫,朱熹弟子)、廖子晦(廖德明,顺昌学者)、朱仲晦(朱熹)等同游武夷九曲,并摩崖记游。从可考可见的两幅摩崖可想象当年儒家学者密切交往、切磋磨砺的景况。武夷山儒学(理学)在这种交往切磋中接续,在接续中发展成熟。

42 武夷古韵流风

止止壶天

◎张隐郎

武夷山九曲溪畔第一曲大王峰麓的止止庵是个好去处,庵后一石刻,不知何时勒了四个字:"止止壶天"。

关于"壶天",涉及两个很出名的典故。

东汉末,张天师的弟子张申为云台治官——云台山道场的主持,他经常悬着一把有五升容器大的酒壶,夜间,就跳入壶中睡觉,那酒壶便幻化为天地,可见到日月星辰。人们称张申为"壶公",张申壶中的那片一个人的天地被称为"壶天"。

也是东汉,一位不知名的老神仙曾在集市中卖药,他常在屋上悬挂一把壶。夕阳西下,就跳到壶中去睡觉。市掾(市场管理员)费长房站立楼头见到后,便去拜访老神仙,于是两人一起跳入壶中:宫殿华丽,美酒佳肴。两人大吃大喝一番后出壶。又是一个壶公,又是一片壶天。

止止庵的天地,完全称得上"壶天"。

止止庵背靠幔亭峰,面对虎啸岩,左边是大王峰,右边是铁板嶂。步入止止庵,抬起头,只见四围丹霞地貌群山之上幽远宁静的天空,洁白的云朵安静得像处子,天光云影黛峰绿树石阶亭台。走出止止庵,九曲溪缓缓流过,溯着清澈溪水瞥去,亭亭玉立的玉女峰就在眼前……旖旎的风光并不比张申和老神仙的壶天差。

为何止止庵取名"止止"?

南宋著名道人白玉蟾就已说"所谓'止止'之名,而无稽考之边",但他提

古书院 古社仓

（吴心正 摄）

出了全新的见解。

儒教之"止止"——《周易》中的"乾、坤、坎、离、震、艮、巽、兑"为八卦，各有代表，"乾"代表天，"坤"代表地……而"艮"代表山。八卦上下重叠即为六十四卦，六十四卦的"艮卦"为上下两"艮"相叠，表示两座山重叠，比喻静止。《彖传》继续解释说：艮，止也，时止则止，时行则行，动静不失其时，其道光明……

佛教之"止止"——《法华经》有云：止止不须说，我法妙难思。佛法难以用言辞表达出来，也不能单靠冥思苦想，需要实证实修的精神。

道教之"止止"——《庄子·人间世》有句："虚室生白，吉祥止止。"可以理解为，平静与明朗的心境能达到一种光明澄澈的状态，心境之冲淡能抵达吉祥的状态。

武夷山为三教名山：朱元晦与仁智堂，儒也；扣冰古佛与永乐禅寺，释也；止止庵与白玉蟾，道也……可好一个白玉蟾，经他一解释，"止止"二字就竟然已浓缩了三教精华。

准确地说，南宋止止庵重建的日期是"嘉定丙子王春"，即1216年春天。

南宋的一天，武夷山的士人詹琰夫遇见了飘然而至的道人白玉蟾。这位世代簪绂、胸怀宽广的英杰平时就好道，有结方外之士学井灶砂汞的心思，见了白玉蟾，便尽出钱财聚焦工匠搜访旧址重建止止庵，并想让白玉蟾在此住持修炼。可白玉蟾是云水道人浪迹天涯，正打算去天台雁荡，最终还是离开了止止庵。并不是他不爱止止庵，他说：武夷千岩万壑之奇，千山万水之胜，莫止止庵之地若也。而且，他还表达了他回武夷"永身以住持"止止庵的想法。

詹琰夫流连于止止庵，修身养性，很是得意，他写了一首《止止庵即事》的诗：

> 小结茅庵倚薜萝，主人心事定如何。
> 春风枕上邯郸梦，夜雨灯前云水歌。
> 岁月不堪频把玩，山林偏称小婆娑。
> 年来欲问长生诀，止止庵中养太和。

詹琰夫完全沉湎于山林修身养性了。武夷山是道教名山，止止庵属正一道。正一道为张道陵创教，全真教为王重阳创教。

不远天游峰下的桃源洞是全真教。

真是令人惊叹，属于目前道教正一、全真两大教派的两个道观并存在武夷山脚，其距离不过五里。至于茶洞、水帘洞的"洞"，都是道家所说的"洞天"的"洞"。

单就驻足于止止庵的道人就够多的，像李陶真、李铁笛、李磨镜"三李"就都曾在此修炼。那位李陶真，《武夷山旧志》说他是东京（今开封）人，在熙宁末年到武夷山，住在一曲止止庵。他把度牒拿出来给人看，居然是唐开元年间的，众人都笑他。李陶真喜欢吹铁笛，笛声穿云裂石。道家有"腊节"，腊节有五个日子，正月初一、五月初五、七月初七、十月初一、十二月初八日。腊节的时候，道士们互相招饮，李陶真去赴会，各房间的笛声一时间同发清音，众人大骇。一天，他留了一首诗告别众人：

> 毛竹森森自剪裁，试吹一曲下瑶台。
> 当途不遇知音者，拂袖白云归去来。

等到笛声隐隐渐远，就再也寻不见了，他去哪里了？

他去浦城了。

浦城有座仙楼山，原名越王山，后来，陆续有仙人来修炼，清代就筑了"迎仙楼"，山名也改成仙楼山了。山上的三座亭子与李陶真有关。一是小天竺，亭名取自李陶真的诗"挥手并谢止止庵，结庐仍在小天竺"；另两座是铁笛亭和唤鹤亭，李陶真喜欢靠着岩石吹铁笛，笛声"一声苍壁裂，再奏蛟龙悲"，于是，有了铁笛亭。等到李陶真再次飘然骑鹤离开后，人们希望能把那鹤叫回来，再听听李陶真的笛声，于是，有了"唤鹤亭"。

"三李"之后，又一位姓李的访求止止庵，此人叫——李纲。

其实，"三李"的身份和年代都很含糊，甚至，李陶真可能就是李铁笛。

《武夷山志》记载李陶真于熙宁末（1077）来武夷山，李纲第一次访武夷的时间是宣和元年（1119），李纲与"三李"出现在止止庵的时间差了42年，李纲与"三李"见面的可能性不大，除了两种情况：其一，"三李"相继修炼于止止庵的时间跨度大；其二，他们是不老的神仙。

宣和元年，李纲被贬沙县，并做了一个异梦。后来，到了武夷山的晞真馆，遇雪，目之所见，居然是梦境所见：

> 余今夏（指宣和元年）梦乘舟乱石间，四顾峰峦奇秀，有如玉色者，觉颇异之。及谪官剑浦，道武夷山，小舟溯流，水落石出，遍览胜概。至晞真馆，雪作，岩石皆白，悦如旧游，然后信出处之分定。而斯游之清绝，已先兆于梦寐，虽欲不到，不可得也。

因为梦雪，又因为被贬，中国士人到了此时都会升起道家思想，何况南宋的

(吴智成 摄)

儒者士人多出入于儒释道,所以,李纲访了止止庵,并想建吏隐亭于此。

"三李"此时何在?不得而知。

画家张大千曾从海外购回三件国宝《武夷放棹图》《韩熙载夜宴图》和《潇湘图》,其中《武夷放棹图》的作者署"方壶"的名号。方壶究竟何人?

方壶名叫方从义,元末明初人。方从义后来隐于止止庵,他的《武夷放棹图》即是此时创作的作品。他姓方,信奉正一道,居于"止止壶天",会不会因此而取号"方壶"呢?

依然是个谜。

白玉蟾在《武夷重建止止庵记》中还继续引申"止止"之意:

然则青山白云,无非止止也,落花流水,亦止止也,啼鸟哀猿、荒苔断藓,尽是止止意思。

在他的眼中,三面环山,一面环水,曲径通幽的止止庵是当止则止道法自然的佳处。

古书院 古社仓 *47*

(邱华文 摄)

人法地，地法天，天法道，道法自然！

止止庵还有许多故事。

出世？入世？儒耶？道耶？仙耶？文士耶？武者耶？画家耶？官吏耶？那片壶天，说不尽！

古镇 古村落

(邱华文 摄)

五夫秘境

◎陈毅达

古镇五夫，其地理位置并不在武夷山自然保护区和风景区内，它的行政隶属，只是武夷山市的一个乡镇。我曾多次前往，每次前去，深感总有所思所得。特别是随着年岁渐长，更是被其深深吸引，每次在行走之后，于古色之中，小有所获；于古意之间，若有所悟。就是这么一个乡野之处，我越发感到，它无疑是一处值得去深感和探寻的历史与人文秘境。

据传，五夫镇开发于后唐时期，始建于晋代，古时称五夫里，是因曾有五位晋朝士大夫在此出生或隐世问道而得名，为此，五夫又称先贤过化之所。可见，从建镇初始，五夫就地灵人杰，底蕴深厚，值得玩味了。到了宋代，那时的五夫里，更一度曾人才辈出，如词圣柳永，即为五夫里白水人；抗金名将刘子羽、吴玠、吴璘及诗人刘子翚等，都是出自五夫，群贤济济。与此同时，南宋理学家胡国安及其子氏胡宪、胡宏、胡寅和胡宁，都是出自五夫，因而也有一说是，因为胡家五位夫子，五夫镇由此得名。到底如何，我感到不必去求证。一个小小之地，就有那么多的历史人物横空出世，已然是非同凡响。

当然，让五夫镇声名远播的，更主要的是理学大师朱熹。五夫镇曾是朱熹故居，朱熹在此成家立业，生活了近50年，使得五夫镇如今被誉为中国南宋理学的发源地和形成地。自此，五夫镇因朱熹而更加古韵不绝，成为前来武夷山旅游和访学必去的探幽搜秘、寻古问道的神奇之所。

古镇 古村落

（张栋华 摄）

  朱熹并不是五夫镇人。但我觉得，可以说，朱熹一生却绝对获益于五夫；而五夫也因朱熹的存在，变得更加神秘奇绝。

  朱熹当年来五夫，完全是因为其父朱松的托孤。不知是否是冥冥之中的天意，公元1143年3月某日，朱熹的父亲于弥留之际，就那么坚定地将年仅14岁的朱熹，托孤五夫里的刘子羽。朱松叮嘱朱熹，说五夫里籍溪的胡宪、白水的刘勉之、屏山的刘子羽，这3位大能所学，都是他平生所敬畏的，你去了要"父事之，而唯其言之听，则吾死不恨矣"。朱松如此郑重其事的临终所托，肯定是慎之又慎，权衡再三，深谋远虑。主要证据是，当时朱松还有两个弟弟尚在于世。也就是说，朱熹失怙却不算真正无依无靠，还有两位亲叔叔在世。但不管怎么说，从后来的事情发展来看，朱松托孤于五夫，算得上是五夫一个具有重要意义的历史事件。一方面，五夫镇不仅以其一方厚土滋养了少年朱熹，更是以其肥美的先贤文化，滋润朱熹成长为名垂青史的伟人；另一方面，正是有了朱熹的到来，朱熹的成长，

（朱燕涛 摄）

朱熹的留名，五夫镇也从朱熹之后，更加青史留名，成了独具内蕴的中国历史文化名镇。这种一处绵绵的文化传承与繁衍，造就一地的文明兴盛与远播，在中国历史上可是比比皆是。细思之下，我认为朱松的托孤五夫，可与孟母择邻并肩，不得不说都具有令人叹服的远见卓识，亦算是意味深长的人文美谈。

　　当地有传说，少年朱熹，遵从了父亲的特殊安排，带着母亲，来到了五夫里后，就住进了刘子羽为其准备的紫阳楼。为了完成朋友所托，让朱熹安心生活，入住紫阳楼，刘子羽可谓用心良苦。刘子羽先是认朱熹为义子，又担忧虽才及少年却心性高洁的朱熹有寄人篱下之感，就特意选择了离镇较远的一处地方翻修了紫阳楼，如此可以让朱熹顺意接受，而不受心境上的阻碍，专注求学友道。同时，刘子羽还划出了自家一份的田地，供朱熹收租以解生计，不为生计而忧，影响问道之心，让朱熹有了个温暖的家。事实证明，刘子羽对朱熹这份特别的安置，是非常正确的。朱熹在紫阳楼一住就是近大半岁月，并留诗高兴地说，"琴诗四十载，

古镇 古村落

几做山中客"。山中自是指武夷山了。朱熹在五夫居住之时，常常去武夷山轻筏九溪，又喜在天游峰下，煮茶论道，还登临隐屏峰上望月问心，创办了武夷精舍，让南宋理学登峰冠顶，使武夷山成为"道南理窟"。由此，蔡尚思教授写下了一首诗：东周出孔丘，南宋有朱熹。中国古文化，泰山与武夷。

一直到63岁，晚年的朱熹，才迁居到建阳，创立考亭书院，弟子一众，理学悠长。刘子羽的高义高风，不仅再次证明朱松所托的绝对正确，同时也再次演示了中国古代当时有太多名士的重情重义，所谓受人之托，忠人之事。这般高洁的君子之品，让我们也深感到中国历史文化中温情温暖的一面，非常值得让人叹服和令我崇敬无比。

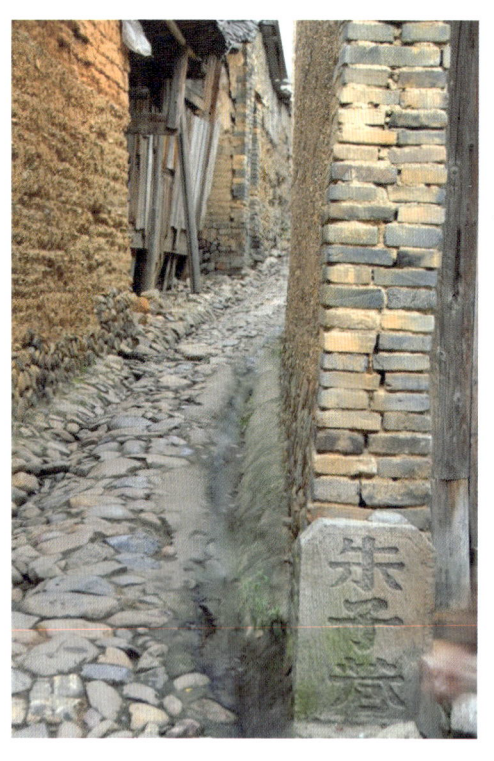

（吴心正 摄）

紫阳楼位于五夫镇的屏山之下，屋后一片青青绿竹，屋的右前，有一水塘，至今犹在。在紫阳楼内苦读求索的朱熹，不时会出屋走走，迎风站立在塘边，面水而思，仰天而想。曾写下《观书有感》一诗，"半亩方塘一鉴开，天光云影共徘徊。问渠那得清如许，为有源头活水来"，如此穷极八荒之后豁然开朗的欣喜，如此玄思泉涌过程中突如其来的开悟收益，真实反映出了在五夫安贫乐道的朱熹，是如何孜孜不倦，如何上下溯源，如何眼现慧光、心有灵犀。朱熹住进紫阳楼之后，曾手植了一棵香樟。800多年过去了，这棵香樟现在仍立于紫阳楼不远之处，枝繁叶茂，郁郁葱葱，仿佛依旧在诉说着五夫镇的千年古事，昭示着理学文化源远流长，一枝独秀。每次来到紫阳楼，我都爱立于樟树之下，虽总有自惭之感，深觉与先人前贤相比，我等甚是渺微；同时，敬畏之意也油然而起，叹服我们中华历史文化的博大精深。致敬我们的先辈先贤，为我们留下众多为人为文、为事为义个人精神世界里的绝佳参照。

今天的五夫镇，为朱熹建造了一个巨大的塑像和广场。朱熹雕像面向东南，隐含五夫为武夷山"道南理窟"组成部分之意；雕像高71尺，寓意朱熹享年71岁；基座1.4米，言其朱熹14岁来到五夫。走进朱熹广场，站在朱熹塑像之前，眼望周围美丽的田野风光，我时不时随风般恍若穿越来到了那个叫五夫里的历史时代，以一颗卑恭之心，静看朱子晚上挑灯夜读，白日注经集著；聆听朱子吟诵的武夷山《九曲棹歌》；与先人同场，观仰朱熹在九曲溪五曲溪畔，手书"逝者如斯"。

五夫镇至今仍保存着朱熹首创的"朱子社仓"，社仓坐落于兴贤古街。与此同时，还有一条朱子巷，说是当年朱熹每日从紫阳楼到兴贤书院求学的必经之路。朱子巷虽十分窄小，巷两面是土墙，地上布满鹅卵石，但步入其中却让我神思安宁，沧桑之感由心而生，古意满满扑面而来，如同走进了通往寻微探幽之道，令人幽古之情绵延不绝。

印象中的五夫镇，还有成片成片的莲田，去的时节正好，就能看见盈盈荷花，美不胜收。其实，胸中有心，所往便是寻芳朝圣；心中有意，所思就集悠悠古韵；意中有情，所获就成大义精华。

白水诗意与乡愁

◎张晓平

柳永故里——武夷山白水（今上梅茶景），位于武夷山东部，地处武夷山东面主溪流——梅溪的源头。白水居住和培育过众多历史名人，他们笔下荡漾的诗意，充盈着这里的山、这里的水、这里古老的风情风物。

南唐闽王王审之的丞相翁承赞，写有一首赞美白水的《题故居》：

一为鹅子二连花，三望青湖四石斜；
唯有岭湖居第五，山前却是宰臣家。

"宰相家"即翁承赞在白水的故居，白水周边环列着鹅子峰、莲花峰、石斜峰、大王山等大小山峰。翁承赞工于诗，唐人应试在每年八月，谚语说："槐花黄，举子忙。"翁承赞咏槐花诗曰："雨中妆点望中黄，勾引蝉声送夕阳；忆昔当年随计吏，马蹄终日为君忙。"他还有"过客不须频问姓，读书声里是吾家""人家不必论贫富，唯有读书声最佳"等诗句，为时人所传诵，从中可看出翁承赞诗歌风格，诗句朗朗上口、诙谐通俗。

两宋抗金名将吴玠、吴璘兄弟也是白水人，他们骁勇善战、战功赫赫。"吴家军"不逊当年的"岳家军"，吴氏兄弟和岳飞、韩世忠等人一样名垂青史。谁知吴玠还善于作诗，一首七律诗《仙人关寒食日感赋》远近闻名，写在1134年仙人关大

(陈美中 摄)

战之际：

> 牛犍山前寒食日，鹅峰墓下荐觞时。
> 可怜战伐劳戎马，回首乡关几梦驰。

　　仙人关位于今甘肃省微县东南，古为秦岭南麓战略要塞，吴氏兄弟在此坚守阵地，正面迎战敌军。寒食日在清明节前一天，为纪念晋国名臣介子而设立，这天不能点火，只吃冷食，古人寒食日与清明节一样，是祭祀祖先和怀念先贤的节日。吴玠这首诗深情回忆牛犍山下家乡的寒食节，他曾在白水鹅子峰山上祭扫祖墓的往事。身经百战的勇士对战争十分冷静，怜惜着辛劳奔驰的战马，几度梦中又回到思念的故乡山关。后来，仙人关之战大捷，"吴家军"打败了金兵兀术主力部队，粉碎金兵入川企图。武夷山鹅子峰的名字也和吴玠、吴璘兄弟一起传遍了南宋大地。

　　不知何时开始，鹅子峰又名"金鹅峰"，可见人们对这里厚爱一层。文豪朱熹写过一首诗《咏鹅子峰》，竟突发奇想，要让道士将这只"鹅子"装进笼子，拿去换回几卷黄庭经。岂不让惦记"金鹅"的人心疼不已！

这是怎么一回事呢？来看看朱熹的诗：

> 鹅子危峰立水滨，不同鸥鸟共浮沉。
> 何当道士笼将去，换写黄庭几卷经。

诗的前两句写硕大的鹅子峰伫立在滨水之中，看上去摇摇晃晃，似乎十分危险，和一群群翻来飞去的鸥鸟共同起伏沉浮。诗的比兴手法用得十分巧妙，鹅本来是憨态可掬的形象，走起路来体重脚轻、站立不稳，朱熹活化了鹅子峰。诗的后两句引用一个典故，是说晋代大书法家王羲之酷爱白鹅，山阴地方的道士知道后，以一群鹅换王羲之书写"黄庭经"。这则典故大诗人李白也多次引用，和贺知章在一起，"山阴道士如相见，应写黄庭换白鹅"（李白《送贺宾客归越》），仰慕王羲之，"书罢笼鹅去，何曾别主人"（李白《王右军》）。朱熹《咏鹅子峰》也是一首杰作，状写鹅子峰活灵活现，引用典故堪称大手笔。原来送鹅子峰为换王羲之真经，朱熹大大玩了一把幽默，他视王羲之、李白等浪漫主义大艺术家为同类，可见他并非正襟危坐、不苟言笑的理学夫子，而是一个天性幽默、富有情趣之人。此外，朱熹作为一位哲学家，他的诗也是哲理诗，写景状物蕴藏着深刻哲理，这首诗讽喻了本末倒置的现象，对那些坐拥"白鹅"、逐利"金鹅"、身为道人却手里无经的"道士"持警醒态度。

诗中描绘山立水滨、鸥鸟翱翔的山水气象，才是武夷"真经"！与王羲之书法一样值得永远珍惜！朱熹诗歌的启示或许正在这里。读懂又有几人？

北宋婉约派一代词宗柳永的故乡就在武夷山白水。少年柳永有一首诗歌《题中峰寺》，状写了攀爬鹅子峰的情景：

> 攀萝蹑石落崔嵬，千万峰中梵室开。
> 僧向半空为世界，眼看平地起风雷。

猿偷晓果升松去，竹逗清流入槛来。

旬月经游殊不厌，欲归回首更迟回。

　　这是柳永最早流传的诗歌，一出手就大气不凡，浑然天成，可见他也是天生的大诗人。诗中逼真描绘的登山感受，只有亲临鹅子峰的人方能体会。沿古道徒步上山。野藤蔓草杂乱丛生，古道叉口、拐角处又有石块挡路，你需要像柳永一样援萝攀爬，手脚并用。一路上古木、翠竹、幽谷、流涧、碧泉、飞鸟、鸣虫、山花、繁草等，目不暇接，十分诱人，但你不可贪恋，攀爬到崔嵬的山顶上落脚，才是我们说的无限风光在险峰，这时你才能领会柳永诗歌的真谛：千万座山峰为你展现，中峰寺梵室之门为你敞开，僧人们苦苦追寻的世界就在这半空之中，他们的法眼由此能洞悉平地上响起惊天雷声。

　　柳永诗的下半部分写猿猴偷取晨间的果实，腾挪、跳跃在松树之间，潺潺的山涧清水，流过竹丛、流过寺院门槛下的暗沟，流进寺内的天井。良辰美景，多么令人流连忘返，十天半月从不感到厌倦，如今想要归去，回首间，却觉得返程的时间还得延迟。

　　从古道抵达山顶，跨过一道石槛，出现一个豁口，进去是一个较大的空间。一阵阵迅风迎面扑来，呼呼有声，令人精神大爽。这里看四周视野开阔。山上如今不见任何寺庙。但山顶有一处基址，依稀可见残存的墙根、壁角，还有破损石砖，天井的轮廓痕迹犹在，其间留有积水。柳永诗中出现过的景物，松树、毛竹等似乎更见高耸、茁壮。至于猿猴，一路上生长毛竹的山坡留着肥料袋子，村民说，不是施肥遗弃的，是专门置盖在那里，为防止成群结队的猴子路过时损坏竹根。所以，鹅子峰山上时常能看到猴子在竹林间跳来跳去。不仅猴子，村民也看见过黑熊出没。还有令人惊喜的，山顶上生长着一些株高过人的老茶树。这不是野茶，应该是古人所种茶树，随着漫长岁月自然地老化、枯死，茶仔却掉到土层里，重新开花、结果，萌生新茶，循环反复，茶树一直延续至今。村民介绍，茶景（白水）几个自然村落，都能见到这样的老茶树。茶景、茶景，这里本来就是一个以茶叶命名的地方！

(陈美中 摄)

　　人去山空,中峰寺早已不见!然而,鹅子峰青山幽谷之中,似乎留着朱熹取回的王羲之"黄庭真经",等待今人去拜读和珍藏!

　　柳永名篇《雨霖铃》,写他与爱人离别的故事:

　　　　寒蝉凄切。对长亭晚,骤雨初歇。都门帐饮无绪,方留念处,兰舟催发。执手相看泪眼,竟无语凝咽。念去去,千里烟波,暮霭沉沉楚天阔。
　　　　多情自古伤离别,更那堪,冷落清秋节!今宵酒醒何处?杨柳岸,晓风残月。此去经年,应是良辰好景虚设。纵便有千种风情,更与何人说?

武夷山白水借《雨霖铃》画面，建起一处杨柳岸漫步道景观。柔软的柳条，映日的荷花，缠绵的宋词，你可以想象《雨霖铃》唯美意境，还有一个人，一个对柳永而言远在天边、近在眼前的人。"玉楼深处，有人相思"。因为这个人，柳永涌发无尽的思念和永远的乡愁。

　　这个人就是他留在家乡的美丽妻子。

　　世人皆知柳永多情，殊不知柳永更深情，尤其他对家乡妻子用情极深！柳永17岁（另一说15岁）成婚，婚后第三年离家远游。由于柳永的生平和情感，正史几无记载，野史又不足为据，只能看他本人留下的词作，这其中涉及发妻的篇章，数量之多令人惊叹！《玉女摇仙佩》写妻子柔情万种："争如这多情，占得人间，千娇百媚。"写夫妻相濡以沫："自古及今，佳人才子，少得当年双美，且恁相偎倚。"写出了人间的真爱至情！且在他笔下反复吟咏，有新婚之夜缱绻情（《斗百花》）、长相厮守尽欢情（《昼夜乐》）、离别之际不舍情（《鹊桥仙》）、饱受煎熬相思情（《归朝欢》），等等。

柳永如此深爱妻子，为何离家后竟一去不返？今天看似乎不可思议，在古时候却不难理解：一则古代交通不便，"杳杳京神路"，千山万水，回家的路途遥远；二则为了科举功名，多年奔波赶考应试，还要四处拜识权贵寻求延誉，太多身不由己；三则古代文人崇尚远游，大诗人李白就是常年流连于名山大川之间。还有重要的一点，柳永离家不久后，其妻就一病不起。"闭香闺，永弃鸳衾。"（《离别难》）"这回望断，永作终天隔。向仙岛，归冥路，两无消息。"（《秋蕊香引》）。这些词句透露出妻子去世的迅息，柳永痛彻心扉、悲情难抑。"系我一生心，负你千行泪。"名篇《忆帝京》表达了失去妻子的无限哀伤、痛惜和悔恨。

2015年10月，武夷学院与南平市诗词楹联学会研讨柳永诗词时，多位研究学者撰文分析《雨霖铃》，指认长亭之夜告别的那位佳人，正是柳永在白水的妻子。"执手相看泪眼，竟无语凝噎。"表达与妻子的依依不舍，传递着终难释怀的不尽情思。柳永虽然远离故土，但家乡那个人、那段情、那种深深乡愁，伴随他的一生。

事实上，由于历史资料的缺乏，无法分辨《雨霖铃》的确切创作年份。也有研究学者认为，《雨霖铃》写于柳永离开汴京南下之际，当时他年已40岁，正与一位情人告别。即便如此，词中发自肺腑的真情，应为情感积累的迸发，不仅为眼前相逢离别之人，也为曾经缠绵悱恻的多个人，更为二十年前香消玉殒的妻子。

柳永对故乡满怀深情厚意，词作《归朝欢》中，乡愁长出了翅膀："一望乡关烟水隔，转觉归心生羽翼。"他在《八声甘州》写道："不忍登高临远，望故乡渺邈，归思难收。"

武夷山是朱熹、柳永的情感原乡，朱熹、柳永是武夷山的文化旗帜。

千古情词觅仙踪

◎ 简 梅

一

　　武夷山。白水。遇仙桥。寂寂的鸟鸣、齐咏的蛙声，回旋于青鹅峰下，轻袅的风将溪流的涟漪荡开一圈又一圈，时光的波纹中倒影着聚落水口护卫村庄的"遇仙桥"，那亘古气度的廊屋，那优美弧线的石拱，静卧溪上，幽竹丛丛，掩映着千年的故事。桥渡人，亦渡心，仿佛传出柱楝、檐枋、蓑板喃喃祈颂：山中诸路神仙，保我上梅白水风调雨顺、四季平安！

　　多少年呵，少年柳永挥不去故乡明月，在山中，在涧旁，在归家推开的木窗，在祖母的银发上……他亲手栽下的两棵罗汉松，已是郁郁葱葱，枝叶烁闪。无拘无束的少年呀，在故乡"千峰拔地玉嶙峋""一水奔流叠嶂开"的幽谧天趣中，尽情徜徉。他时常沿着蜿蜒山道，或披荆或攀爬，或穿登或跳跃，终于抵达离青鹅峰不远的寂历山山顶。他慕名而去的中峰寺，坐落于万山环拥的峰巅，高敞幽僻，云径入画，天籁禅机，始建于唐中叶，因景福元年（892），里中有虎患，众避之不及，而行儒禅师却能降驯恶虎，骑虎出入而闻名天下。寺中伏虎坛，遗迹犹存。少年在此读书求学，晨钟暮鼓，心灵得以静涤。从他初露锋芒的笔下，留下了至今传世的为故乡所写的诗歌《题中峰寺》，清新自然，饶有风趣：

(陈美中 摄）

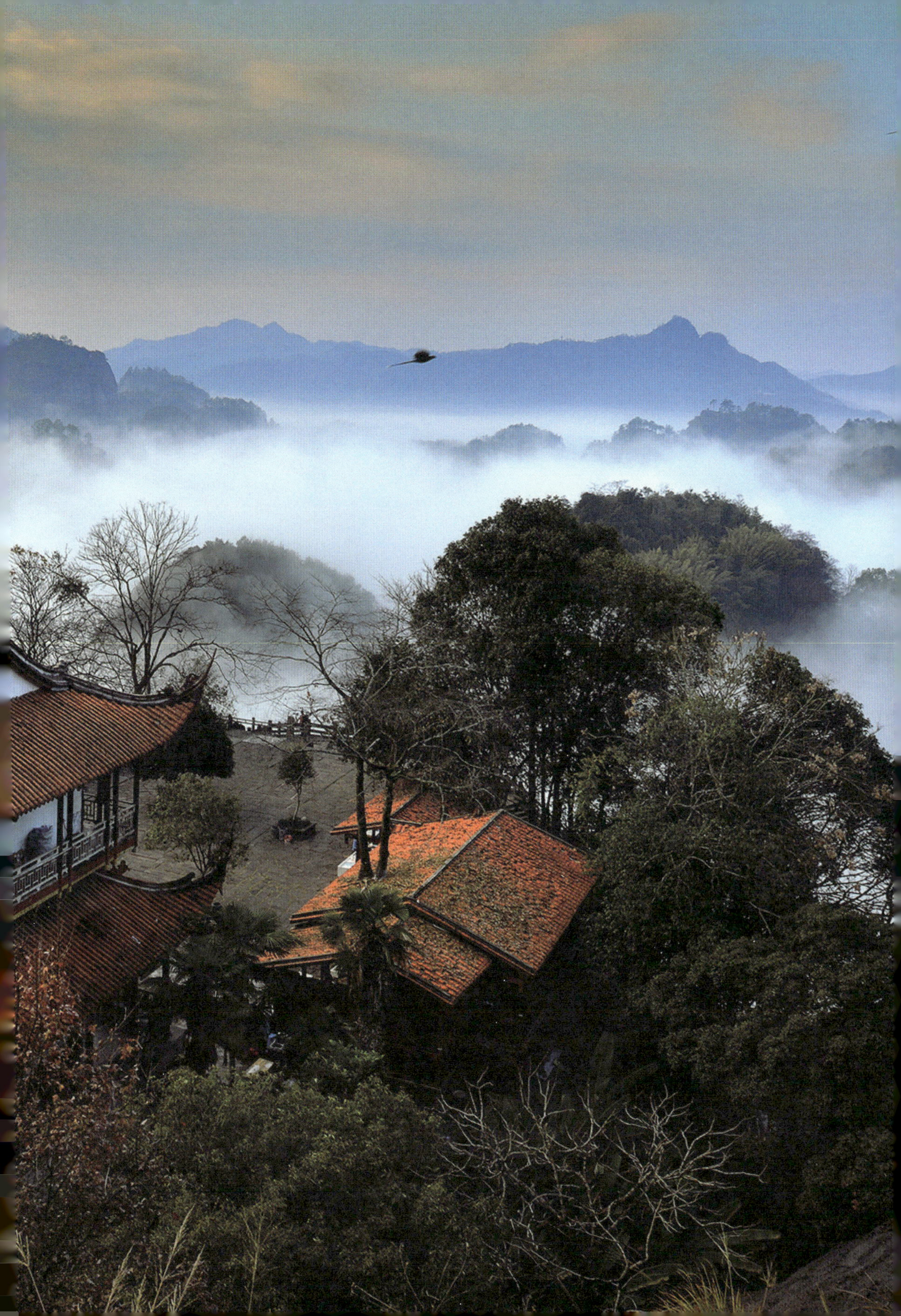

攀萝蹑石落崔嵬，千万峰中梵室开。
僧向半空为世界，眼看平地起风雷。
猿偷晓果升松去，竹逗清流入槛来。
旬月经游殊不厌，欲归回首更迟回。

很快，诗歌就流传开来，少年柳永被乡亲们誉为"鹅子峰下一神笔"。

二

少年的名字柳三变，意即"君子三变"。祖父辈寄予他如《论语·子张》中所言的厚望："君子有三变：望之俨然，即之也温，听其言也厉"……后来他就成了举世闻名的"柳永"，由原字"景庄"，变为字"耆卿"，因家中排行第七，又称柳七；晚年以"屯田员外郎"致仕，故世人又称之"柳屯田"。

他出生为官宦之家。祖父柳崇，世居河东（今山西），为躲避战乱举家南下，隐居于金鹅峰下，五代时以儒学著名，行义于乡里，人称"建溪处士"。父亲柳宜曾仕南唐，钦慕后主李煜诗词造诣，对之钦佩不已，自己也作词，后归宋任职。曾闻他带了30卷文集，让朝廷直接考核，还申请当场笔试……三变深厚的文学修养是家学一脉传承而致。他约于太宗雍熙元年（984）出生于沂州费县（今山东临沂费县），童年起就随着父亲辗转于濮州、全州、扬州等地生活。童年的三变见识广博，心思细腻敏感，回崇安（今武夷山）时，这里的一切充满新鲜与神奇的亲切感，故土家园让他暂时有了一颗安逸的心。

读书之余，他时常登临中峰寺，聆听梵钟声声，他的足迹也踏寻崇安的山山水水，深山幽谷独特的自然风光和诗画交融的美景陶冶了少年的性情，也启迪着智慧。而武夷山自古以来即是儒释道三教和谐并存的名山，留下了不少宫观、道院和庵堂故址。他也曾泛舟九曲溪上，乘着竹筏寻觅大王峰南麓的武夷宫。武夷君充满玄妙奇诡的神话传说，引人遐思，好奇的三变听闻早在汉武帝时，在朝廷的重要祀典中，就把武夷君荣列在黄帝诸神之后，汉皇还遣使在武夷山幔亭峰中设祭坛。北宋年间，宋真宗等多朝皇帝都曾遣使到武夷升真洞，祈求武夷神灵护国佑民。年少的三变对于仙道懵懵懂懂，也曾阅读过历朝的游仙诗。在这座悠久历史的宫观前他抬头仰望，只见云海翻腾，那些羽化成仙的传说故事，以及道家对于天地的探索与星占的诉求和延年益寿的希冀，都充满一种诡秘且超脱之境，犹在俗世之外。如此的人间仙境，就升腾于少年心中，因而吟咏出《巫山一段云》的词调。《巫山一段云》为词牌名，当为南朝旧曲而入燕乐，咏巫山神女的故事。唐《教坊记·曲名》已予著录，足见早在盛唐就已流行于世。由于词受声律的严格约束，每个曲调都有固定形式，须经过音乐的陶冶，在句读和韵味上都得和乐曲的节拍恰相谐会，因而"曲子词""自开元以来，歌者杂用胡夷里巷之曲"，民间艺人按照新兴曲调依声填词，以便配合管弦，递相传唱。长短句的形式由此兴起。

来看第一首词：《巫山一段云·六六真游洞》

六六真游洞，三三物外天。九班麟稳破非烟，何处按云轩。
昨夜麻姑陪宴，又话蓬莱清浅。几回山脚弄云涛，仿佛见金鳌。

词意为：三十六洞天，世外九天，仙女舞班，麒步稳称，舞步轻妙，破彩云。何处可摸到云台之轩。昨夜仙女麻姑陪同参加宴会，又说仙山蓬莱东海的清澈不深。仙女麻姑曾数次到蓬莱、方丈、瀛洲三仙山，弄其云涛而见其负山之金龟。

少年的三变在武夷山沉浸于袅袅仙境，山中步步为景，又充满着无尽的传说。他依着曲风，从"六六"句入手，六六即三十六洞天。道家以为天下名山胜境，为神仙所居者谓之洞天。武夷山不愧"以山为形，以水为魂"的"第十六升真元化洞天"。接着写"三三"句，三三谓九，即九曲溪，"九班"句意谓仙人乘着麟驾冲破祥云从四面八方而来。在武夷山满山飞雾中，三变想象瑰丽，意境开阔。仙人或骑着"麟"之神兽，或驾云轩，腾云驰骋。词的下阕"昨夜麻姑曾来侍宴，又说到蓬莱水的清浅"引用典故：麻姑仙子，建昌人，修道于牟州东南姑余山。

宋政和中，封真人。世以麻姑祝女寿，言其长生不老如麻姑。蓬莱，即传说中海上三神山之一。结句"几回山脚弄云涛。仿佛见金鳌"，将群仙下凡写得潇洒飘逸、趣味盎然。整阕词写出缥缈无定、空灵虚幻的意味。

三

古代武夷山道教宫观星罗棋布，著名的还有很多，如止止庵，位于一曲溪畔，传说是黄太姥、张湛及鱼道超、鱼道远修炼之所，后被御封为紫清真人白玉蟾的修炼处；天游观，位于天游峰顶，其匾额为："遨游霄汉"；升真庵，在十三仙的修炼处肇建；和阳道院，为名道士彭日隆主持创建；石鼓道院，在神霄派始祖王文卿修炼处修建；常庵，由金门羽客江师隆修建，有宋理宗赐额。位于桃源洞的开源堂也始建于唐朝……这些宫观处于幽谷深邃，远离尘寰，宛若世外桃源，少年三变先后写了《巫山一段云》系列共五首，形成风格鲜明的一组。可知家乡道教文化和修为对他的成长有着终身启迪作用。

《巫山一段云·萧氏贤夫妇》以平白晓意的吟咏体现了仙家嬉游宴饮之乐。词如下：

萧氏贤夫妇，茅家好弟兄。羽轮飙驾赴层城。高会尽仙卿。
一曲云谣为寿。倒尽金壶碧酒。醺酣争撼白榆花。踏碎九光霞。

词意为：修道成仙的萧史与弄玉，是一对好夫妇；得道为仙的茅盈、茅固、茅衷，是茅家好兄弟。驾起羽轮和飙车，赶赴西王母所居的层城。这里举行盛大宴会，与会者全是仙界的贵官。一曲云和之笛所奏的仙歌，为西王母祝寿。喝完了金壶里的美酒，酣醉的众仙争摇白榆花，踏碎了五光十色的云霞……整阕词读来琅琅上口，如果配上管弦弹奏，定是充满喜乐之境。尤其结尾两句想象奇特，色彩斑斓，摇曳多姿，将仙人酣畅微醺的状态写得淋漓尽致，情态中又夹杂瑰丽的景致描写，踏碎"九光霞",何其恣意!曲调虽然只有八句,却先押三句平声韵,后两句换仄声韵,再换两句平声韵……音韵变换跳荡,更添神幻之美。由此,亦可见柳永所运之匠心。

第三首《巫山一段云·清旦朝金母》词如下:

清旦朝金母,斜阳醉玉龟。天风摇曳六铢衣。鹤背觉孤危。
贪看海蟾狂戏。不道九关齐闭。相将何处寄良宵。还去访三茅。

词意为:清晨朝拜西王母,傍晚醉于西王母居住的金龟处。风摇荡着仙人轻薄的六铢衣,乘着无力的鹤背,感觉孤立危急。贪看刘海撒金钱之戏,不觉天关已全部关闭。相偕到何处寄居度过这漫漫长夜,还是去造访句曲山的三茅兄弟吧。("三茅兄弟"即上首写的茅盈、茅固、茅衷。传他们为汉景帝时咸阳人,隐于句曲山,后名三茅山,得道成仙。)

第四首《巫山一段云·阆苑年华永》写道:

阆苑年华永,嬉游别是情。人间三度见河清。一番碧桃成。
金母忍将轻摘。留宴鳌峰真客。红狵闲卧吠斜阳。方朔敢偷尝。

词意为:阆苑的时光仿似永恒,在这里游玩却别有一番情趣。人间三千年见到黄河三次清澈,西王母的仙桃才成熟一次。西王母不忍将仙桃轻易地摘下,留着宴请龟山之峰的神仙食用。仙家之犬安闲趴伏着,面对斜阳高叫不停。岁星东方朔竟敢把仙桃偷尝。

这一首似为祝寿的场面。阆苑,传说中神仙的居所。碧桃,神话中的蟠桃,三千年一结果,为西王母所有。真客,即仙客。狵:多毛的狗,相传为仙家之犬。方朔,即汉朝著名的文学家、奇智多谋的东方朔。收句"方朔敢偷尝"这里有个典故:说的是汉武帝寿辰之日,宫殿前一只黑鸟从天而降,武帝不知其名。东方朔回答说:"此为西王母的坐骑'青鸾',王母即将前来为帝祝寿。"果然,顷刻间,西王母携7枚仙桃飘然而至。西王母除自留2枚仙桃外，余5枚献予武帝。帝食后欲留核种植。西王母言："此桃三千年一生实，中原地薄，种之不生。"又指东方朔道："他曾三次偷食我的仙桃。"据此，始有东方朔偷桃之说。东方朔并以长命一万八千岁以上而被奉为寿星。后世帝王寿辰，常用东方朔偷桃图庆典。"寿星"成为中国传统文化的元素，被绘画和文房等用作题材，寄寓美好的祝福。

细品这几阕词，与所熟知的后来柳永创作的婉约慢词相较，此时的三变是快乐的，对未来充满着希望。"阆苑年华永"开句就缓缓拉开序幕，将祝寿聚会的欢快、嘻游的场景描绘得真切、生动。全词正面似写西王母之珍爱蟠桃，而在结尾二句出现点睛之笔："红猊闲卧吠斜阳"的美景下，东方朔竟敢偷尝三千年才结成之果，在赞赏东方朔偷桃的勇气、身法的同时，词中似暗寓对当时太平盛世的颂赞。

第五首《巫山一段云·琪树罗三殿》词如下：

> 琪树罗三殿，金龙抱九关。上清真籍总群仙。朝拜五云间。
>
> 昨夜紫微诏下。急唤天书使者。令赍瑶检降雕霞，重到汉皇家。

词意为：玉树分布于神仙居住的宫殿，龙形金铺首守护着天门。西王母居住的上清府有神仙名册，记载并统领

柳永手植罗汉松

群仙。群仙乘五色祥云前来朝拜。昨夜天帝下诏书,紧急呼唤传递天书的使者,传令馈赠天书降下祥瑞的云霞,重新赐予汉皇家。

整首词描绘了神秘的仙境和宫廷的荣耀。善歌者能融化其字,他的每阕词律动择腔,深得民心。如今我们虽然已不知宋时旧谱,但这几首《巫山一段云》据说作为武夷山宫观斋醮宴集时,所演奏的道曲的曲辞,经久不衰。

四

武夷山。白水。遇仙桥。送走了故乡的柳三变,直到北宋仁宗景祐元年(1034),已经约50岁的三变改以"柳永"之名考中进士……游子历经坎坷,他为世人所不解,"忍把浮名,换了浅斟低唱",留下了"多情自古伤离别,更那堪、冷落清秋节。今宵酒醒何处,杨柳岸、晓风残月""衣带渐宽终不悔,为伊消得人憔悴""一日不思量,也攒眉千度""重湖叠巘清嘉,有三秋桂子,十里荷花"等等众多千古流传的词章。在他身后,作品也多散佚,今天所能看到的仅是庞大作品中的一部分,而在他存世的作品中,窥见了宋词的锦绣斑斓,也从中感到他那颗柔情万种的心。他变旧声为新声,描写繁华的都市风光,一生羁旅漂泊,汴京、洛阳、益州、扬州、会稽、金陵、杭州等城市的繁荣景象和市民的游乐情景穿越千年,在他的笔下重现;他以平等、尊重摆脱封建思想的束缚和羁绊,关心同情平民歌女,描写生动的才子佳人爱情,歌舞笙箫,掩不住心中忧伤,从而直抵人心;他直抒羁旅行役的孤苦落寞,点点惆怅、淡淡离殇,感叹自己怀才不遇;也大量描写自然风光,以独到的视角,细腻的感情,畅叙自我的襟怀,感动天地世间,每一字每一句都浸透着智慧的灵光和生命的感悟。"凡有井水饮处,皆能歌柳词",这是后世对他缅怀无尽的赞歌。他在词格上大胆创新,宋词800多个词牌中,柳永独创的就有100多个,无论"令、引、近、慢、单调、双调、三叠、四叠"等长调短令,无不涉及,形式体制的完备,日益丰富。他为宋词的发展和后继者在内容上的开拓提供了宝贵的经验,创造了无法超越和企及的成就。另一方面,他何

尝不想建功立业,何尝不想报效国家,七言古诗《煮海歌》声声细诉盐民之苦!《余杭县志》将他列为《名臣传》:"柳永字耆卿,仁宗景祐间余杭令……抚民清静,安于无事,百姓爱之……"

柳永对故乡武夷山是难以忘怀的。"一望乡关烟水隔,转觉归心生羽翼""念荡子,终日驱驰,争觉乡关转迢递""凄然,望乡关,飞云黯淡夕阳间"……北宋天圣十年(1032),他漂泊至渭南一带,写下了流传千古的羁旅之作《八声甘州》:

对潇潇暮雨洒江天,一番洗清秋。渐霜风凄紧,关河冷落,残照当楼。是处红衰翠减,苒苒物华休。唯有长江水,无语东流。不忍登高临远,望故乡渺邈,归思难收。叹年来踪迹,何事苦淹留?想佳人妆楼颙望,误几回、天际识归舟。争知我,倚阑杆处,正恁凝愁!

(邱华文 摄)

回望故乡,无论过了多少年轮,依旧千古唱吟他的眷念。

下梅的容颜

◎ 邓九刚

茶乡武夷山与茶叶之路的复兴息息相关。这一天，我终于走进了武夷山下梅村。这个在过去几十年间听得耳朵都起了茧子的地方，茶叶之路的东方起始点，让我无限向往。

下梅以茶兴市，在武夷茶的浩瀚大书里撰写了一节靓丽的篇章。

武夷山深处飘荡着茶香的下梅村，在宋代诗人杨万里的《过下梅》诗中是这般模样："不待山盘水亦回，溪山信美暇徘徊。行人自趁斜阳急，关得归鸦更苦催。"在几百年前，下梅应该还是"养在深闺人未识"的地方。尽管斜阳西沉、归鸦苦催，尽管只是惊鸿照影的匆匆一瞥，但它那沉静的美仍引得诗人频频回首。

这里曾是闽北到俄罗斯的万里茶道的起点。"鸡鸣晨光兴，祥云夹出千灶烟"，从这句民间歌谣里可以想见当年的繁荣。

如果你路过武夷山，又喜欢喝茶，在看尽山环水绕之后，不要忘记去探访一下下梅古村。春天，村口的梅花朵朵落下，溪水潺潺流动，远处晨雾升起，慢慢品上一杯飘香的清茶，方算不辜负一次宁静的旅行。

山环水抱的古村下梅，位于武夷山东南10公里处。早在宋代时期，这里就有了村落，南宋著名的理学家朱熹就曾在这里讲学。到了明代，下梅村开始有了里坊；清代的时候，街市开始慢慢建立；到了康熙、乾隆两朝，下梅村的繁荣就达到了鼎盛。

一条名叫"当溪"的小河，将下梅村分为南北两街。村口的河边坐着分拣茶

（郑友裕 摄）

叶的少女。村中的小狗悠闲自在，走到哪卧到哪，全然不怕被路过的人踩到。

沿街保留着 30 余幢清代民居——粉墙、青瓦、马头墙。那些装饰在窗楣梁柱上的木雕，让人觉得仿佛置身江南水乡。临河的廊道上，拣茶少女的倩影倒映在河水里，宛如一幅油画。

我下榻的地方是村里一处客栈。第二天天光微亮，我起身站在楼顶俯视全村，青白色的天空下灰瓦屋顶密密匝匝，一片连着一片，错落有致。袅袅的炊烟缓缓升起，晨光雾气里的下梅，静雅安详。河里的鸭子嬉戏着游泳，黄狗们懒懒地晒着朝阳。村里的人开始忙碌起来，有的在河边洗衣，有的炒茶，有的晾晒山货，一幅淳朴的山间民风图。

要读懂下梅村，先要读懂茶。

我知道还是在清代，下梅村就是武夷山产区一个重要的茶叶集散地。它是茶叶之路的起始点之一。在过去长达两百年的时间里，晋商在武夷山采买茶叶，组织茶叶生产，在下梅村设茶庄收购当地茶叶，还将散茶精制加工成红茶、乌龙茶、砖茶等。

从下梅村收购的茶叶先会运到崇安县（今武夷山市）城里，再用马车载到江西河口（今沿山县）登船，然后转运到湖北汉口后，再一路北上，到达中俄边境的买卖城，转手给恰克图的俄罗斯商人。邹全荣老师告诉我，那时候每天来往下梅的船舶有300多艘，足见茶叶经营规模之大。直到清咸丰、道光年间，武夷山的茶叶集散地才慢慢移至交通更为便利的赤石村。

茶叶贸易带来了地方的繁荣。沿溪而行，昔日巨商的豪宅、官宦的府第、隐士的别墅、儒生的精舍，还有那些举目可见的精美雕刻，全都映射出这里曾经的富贵荣华。

村里最精美的建筑是邹氏家祠，它是闽北巨富邹家的祠堂，也是整个村子的标志性建筑。进入祠堂大厅，最先看到的是两根立柱，这两根立柱由四片木拼成——听村里人说，四片木象征着家庭凝聚力，邹家先辈希望后代能团结一心，共同撑起一片家业。再往里走，无意中我瞥见天井里一方小小的"排水口"，竟被主人独具匠心地装饰成了一枚铜钱的形状。

在邹氏家祠后面的不远处，就是邹氏大夫第，至今仍居住着邹氏后人。沿着青石板路慢慢走进去，两旁的拴马石和旗杆石仍保存完好，数不尽的石雕和木雕把宽敞明亮的屋宇烘托得富丽堂皇，处处显示着昔日主人的富有和显赫。

邹家是清朝做茶的大户人家，靠做茶攒起下梅这一大片宅子。一个江西人，来到福建做茶，做到了和山西的常家联手，铺

下梅天一井（吴心正 摄）

就一条从下梅到俄罗斯恰克图的万里茶路的辉煌。清康熙年间，邹氏父子出巨资对当溪进行全面改造，除将当溪南北岸陂改造成街路外，还在当溪各段修筑了九个埠头，以便发展水运。商贩们用竹筏这一水上交通工具，载着茶米油盐、布匹、五金，进入当溪进行交易。

盛极一时的邹家为下梅留下了许多精致的民居建筑，它们成为今天人们追寻武夷岩茶辉煌历史的依据。砖雕、石雕、木雕和墙头彩绘是下梅古民居最精彩的部分。民居门楼无一例外地饰以精美的砖雕，体现豪华和富贵。砖雕以浮雕为主，也有镂空雕。内容多取自历史人物、神话传说、民间吉祥物、花卉等。

图案讲究精雕细刻，人物造型逼真，环境描绘贴切自然，寓意深刻，气韵灵活，展现了丰富的文化韵味。石雕主要用在础石、门当、石鼓、花架、池栏、井栏、水缸等物上，既是实用品，又是装饰品，不失为赏用兼备的工艺精品。下梅古民居的木雕亦是精彩纷呈，有挑梁、吊顶、桌椅、栏杆、窗棂、柱础等，尤以窗棂为佳。窗户以透花格式为主，是四扇、六扇、八扇为一口的格扇窗。窗棂有斜棂、平行棂等，最大限度地加以美化。下梅保存完好的民居有邹氏祠堂、西水别业、邹氏大夫第、施政堂、陈氏儒学正堂、邹宅闺秀楼、方氏参军第、程氏隐士居等民居近 40 幢。

和山西的乔家大院一样，邹氏家祠是下梅民居的代表作，是邹氏在与晋商经营武夷茶叶获得巨大利润后，耗巨资建成的，它是雄踞于村落中心的标志性建筑。邹氏家祠门楼气势宏阔，砖雕图案丰富多彩。门两侧的"木本""水源"，是两幅篆刻横批。意思是说一个家族的繁荣昌盛，如树木一样，有赖于深深扎在乡土中的根；又如江河之水，有赖于源头的涓涓细流。它揭示了邹氏追思祖先、不能忘本的理念。门楼左右两侧圆形砖雕图，分别刻着"文丞""武尉"的图画，希望子孙后代能文能武，人才辈出。神坛上供着祖先灵位和邹氏艰苦创业时的扁担麻绳。每至清明祭祖时，族人都要供奉扁担麻绳，借此激励后人要知道创业的艰辛，不忘祖先功德。

下梅是一座因茶而兴亦因茶而衰的古村落。尽管当溪的河水流淌如昔，却已不见了舟来楫往的热闹与喧嚣。今日下梅，繁华已去，人们只能在古旧的建筑群中去凭吊那逝去的鼎盛热闹。

平川曹墩

◎ 巫含芝

据曹墩"董氏族谱"记载："武夷溪上流十五里有村曰'曹墩'，一曰'平川'，居民沿溪而庐者数百家。"又有诗曰：

幽展烟村二度停，板桥茅店影零星，
云山四绕双溪绿，楼阁千家一角青。
白塔峰高尖似笋，金狮山瘦削如屏，
披图游迹分明在，留得清名后世听。

从以上"数百家"及"楼阁千家"推断，曹墩历史上曾经有过鼎盛时期，那时人口众多，商贸发达，市场繁荣，"板桥茅店"遍布村庄。从现在的曹墩到处是空宅基地来看，这个推断并不会错，从时间上看应该为唐宋年代。南宋理学家朱熹脍炙人口的《九曲棹歌》其末节云："九曲将穷眼豁然，桑麻雨露见平川。渔郎更觅桃源路，除去人间别有天。"说的是朱熹游完九曲（以前游船由纤夫拉着从一曲逆流而上直达曹墩），忽见农田百顷，一马平川，十里繁华，两眼豁然开朗，惊叹不已，故得此佳句流传至今，曹墩也因此得名"平川"。

曹墩依山傍水，"云山环绕双溪绿"的前溪和后溪夹村穿过，二水环流若带，转入村口便合二为一。两千多亩水田围着村寨，从高处看，曹墩像一条大船，风

(吴心正 摄)

水先生谓之船形,村中间原有一棵高大的枫树,前几年遭雷劈枯死,使大船失去了"桅杆",不能不说是一件憾事。"白塔峰高尖似笋,金狮山瘦削如屏",村东西两面金狮山与白塔山对峙,古有"金狮白象锁水口,人才往里走"的说法。且前有山如案,远处有山似"笔架",故曹墩成为"人杰地灵、物华天宝"之地。

曹墩村地势十分平坦,古有曹墩只有"两个半台阶"之说,其实该说法并不为过。

前年，曹墩村实施"引水进村"工程，经水利专家实测，曹墩街头至街尾之落差仅为72厘米！

新中国成立后，由于曹墩土地肥沃，来自浙江及本省惠安等地的移民蜂拥而入，曹墩日益繁华。如今曹墩姓氏复杂，据统计，1610人中便有92个姓。曹墩的语言也极复杂，本地话、浙江话、闽南话同存，但最通用的还是普通话，彼此得以沟通，这大约是特殊环境所造成的吧！

如今的曹墩，街道整洁干净，一股清泉似玉带环街而流，现已辟为旅游村向游人开放，因而正好印证了古人的一句话："披图游迹分明在，留得清名后世听。"

要给曹墩茶叶写"史"，可不是那么容易的事。曹墩的茶叶起于唐宋，清末曹墩的茶叶种植面积已相当大，约有现有的两三倍。如今，如果去深山老林，仍可见一畦畦的茶地，偶尔还可见一两棵老茶树呢！只是品种单一，产量极低。当时曹墩一带出产的全是红茶，大部分销往英国，制作的方法全是手工的，手揉脚踩。也有部分绿茶，那是销往新加坡一带的。当时很多泉州人在星村、赤石、下梅等地开茶行，茶农只需把茶叶挑到茶行去卖即可，据说，那上等的"白毛尖"每斤可卖到七八个银圆呢！当然，茶行欺行霸市坑害茶农是常有的事，压低你的单价，你若不卖或稍加辩论几句，茶行老板便会在你的茶袋上画一个圆圈，这样，你这一担茶叶就是挑到别的茶行去也不会要了。

光绪四年（1878），出口断绝，曹墩茶庄倒闭，茶山荒芜。

曹墩茶叶生产的又一次振兴是近二三十年内的事，三中全会一声春雷，给曹墩茶叶生产带来巨大的发展契机，现全村茶园面积扩大，品种有水仙、肉桂、黄旦、奇兰、毛蟹、北斗、梅占、105等，制作机械化程度大大提高，工艺水平更加合理科学。曹墩茶农擅长制作手工茶，手工茶制作有高深的学问。首先是采摘茶青要适时，手工艺制作的关键是摇青，茶青在筛子里来回翻动，乃增加叶片与叶片之间的摩擦，这翻动的轻重或时间长短与茶叶的品种、采摘的天气、温度等都有密切的关系，全凭茶农实践掌握。其他炒、揉、烘、拣等工序都必须严格把关，只有"道道功夫精"制作出的茶叶，冲泡后叶片上有红有绿，故有"绿叶红镶边"之美称，滋味醇厚，"香、清、甘、活"，提神健胃，妙不可言。

如今，采茶季节，当你步入曹墩街道，一缕缕茶叶的清香扑鼻而来，醉人心扉。如若步入茶农家，便会邀你围炉而坐，泡上新茶让你品尝，喝上一杯，心旷神怡。部分村民前往北京、深圳、汕头等地开设茶庄，初步形成产、供、销一条龙。茶叶成了曹墩的支柱产业。

文脉绵长古村落

◎蔡志雄

武夷山是幸福的,大自然的恩赐成就了这片土地"碧水丹山"和"生物之窗"的美誉,令刘白羽先生忍不住惊叹:武夷收进人间美,愿乘长风我再来;而先人的智慧赋予了这片土地多彩纷呈、底蕴深厚的灿烂文化,以至于蔡尚思先生赋诗盛赞:中国古文化,泰山与武夷。

武夷山更是幸运的,从抒写族群融合的闽越文化到集理学之大成的朱子文化,从"三教同山""三花并蒂"的宗教文化到影响世界的茶文化,每一个光辉耀眼的文化绵延至今,依然在武夷山得到完整的保护与呈现,而其载体之一,便是散落在武夷大地上一个个保存完整、古韵悠然的传统村落。在众多如明珠般闪耀的传统村落中,尤以下梅、五夫和城村最为典型。

费孝通先生认为,村落可以视为理解中国社会的一个"完整的切片",以村落为单位进行研究可以"在一定时空坐落中去描述出一地方人民所赖以生活的社会结构"。

万里茶道溯下梅

山环水抱的下梅堪称钟灵毓秀的风水宝地,环抱村庄的梅溪和穿村而过的当

（邱华文 摄）

溪构成的"丁"字形水网结构，奠定了村落的基本格局，也赋予了它江南水乡般的灵动与柔情。

自古以来，下梅文风蔚然、人杰地灵，早在北宋时期便孕育出了一代名贤江贽。这位才华横溢的江淹后人一生淡泊名利，三度婉拒北宋朝廷的举荐和征召，隐居于下梅潜心研学、著书育人，创办了武夷山最早的书院——少微书院，编写了最早、也是最经典的一部《资治通鉴》节本——《少微通鉴节要》。今天，当年江贽为供奉宋徽宗征召的圣旨而修建的圣旨庙依然静静地屹立在下梅南面的君山上，而其"三聘不起"的佳话和朝廷旌表的"少微坊"也成为下梅百姓和江氏族人代代相传的荣耀。从理学名贤江贽到明朝隐士程春皋，从商贸巨贾邹氏到书法名家张涛，从忠烈门第方氏到革命先烈邹福，历代先贤和仁人志士在这片富饶美丽的土地上辛勤耕耘、奋斗不息，成就了下梅的深厚积淀和文脉绵长。

2006年，一部《乔家大院》的热播，让这座世外桃源般的古老村庄重新引起世人的关注，引出了它名动一时、辉煌繁荣的沉浮往事。可以说，下梅的兴衰史，就是一部鲜活的中国茶叶外贸史，更是一部浓缩的中国近代史。清朝时期，以邹氏为代表的武夷茶商，凭借独到敏锐的商业嗅觉和守信重义的经商美德，北上与晋商合作开辟了陆上万里茶道，南下与东印度公司合作打通了海上贸易通道，奠定了武夷山万里茶道海陆双起点的历史地位，也开创了下梅持续近百年万商云集、喧嚣繁华的清代茶市盛况。

何曾想，一个深藏于中国东南山区的小村庄，竟凭借一片来自东方的树叶与世界如此紧密地联系到一起。更何曾想，因为这片茶叶的流出，换来源源不断白银的流入，犹如蝴蝶效应一般，在其不久的将来，竟深刻改变了中华民族的命运乃至世界的格局……

如今的下梅，既有繁华落尽后的祥和依然，更有洗尽铅华后的生机盎然。徜徉于下梅古街，清晰完整的村落肌理、构造精美的明清建筑、寓意深刻的三雕作品，这里的一砖一瓦和斗拱榫卯，依然在为你讲述着关于它曾经辉煌的茶路故事。

儒风理学润五夫

在武夷山的东南方有一座遗世独立的千年古镇——五夫，这里自古便有"邹鲁渊源"之美誉，更因其是大儒朱熹成长、成家、成才、成就之地，被誉为"理学之邦"和"朱子理学的摇篮"。早在朱熹之前，五夫就已是人才荟萃、底蕴深厚之宝地。据记载：东晋有蒋氏者，官至五刑大夫，故有五夫之名；唐代，有仕唐刺史池繁禧隐居五夫；南唐时期，有张、陈二位将军征伐闽国后，结缘五夫，在此卸甲归隐；到了宋代，五夫进入了群星闪耀的鼎盛时期，武有抗金名将吴玠、吴璘和拥有"三忠一文"谥号的刘氏一族，文有以词圣柳永为代表的"柳氏三绝"和"一家五贤"的胡氏一族，文韬武略，群贤荟萃。1143年，14岁的朱熹随母定居五夫，师从"武夷三先生"——刘勉之、刘子翚和胡宪。从拜师求学到著书立说，在长达近半个世纪的时间里，五夫毫无疑问是朱子理学从萌芽、成熟到传播的根脉之地，也成为"双世遗"武夷山举足轻重的文化担当。

走进五夫，青山如黛、碧水如腰、良田如画，"一方水土养一方人"这句古话在这里得到了完美的诠释。位于五夫中心的兴贤古村，是五夫历史积淀最浓厚、

（朱燕涛 摄）

文化遗存最集中的地方。屏山脚下、潭溪之畔，重建后的朱子故居紫阳楼庄重典雅，朱子笔下的"半亩方塘"至今依然滋养着当地村民，朱子手植的香樟历经800多年依然生机勃勃、枝繁叶茂，恰似其理学思想，历百代而弥新，深植于神州大地。漫步于兴贤古街，仿佛穿越了千年的历史长河，宋风遗韵扑面而来。街中牌坊林立、古韵盎然，分别镌刻着"崇东首善""五夫荟萃""天地钟秀""籍溪胜境""紫阳流风""三峰鼎峙""三市街""过化处""天南道国""邹鲁渊源"等名人手书横额的石坊门星罗棋布般矗立于街巷中。从故居紫阳楼经朱子巷到兴贤书院，这条朱子的求学之路沉淀了多少哲思、历经了多少风雨？从刘氏家祠、彭氏宗祠、连氏节孝坊到胡氏五贤井、张璘百岁坊等，历史上每一位曾发光发热的五夫人都被这片乡土铭记、被岁月眷顾，汇成了这座千年古镇的厚重人文和底蕴沧桑。

闽越遗风看城村

在武夷山南麓，武夷山脉与崇阳溪水系交汇处有一座古朴幽静的村庄，这座看似不起眼的自然村落却拥有一个与其风貌截然不符且自相矛盾的村落名称——城村。这里究竟是"城"还是"村"？1958年，考古专家在此挖掘出土了一座规制完整、恢弘大气的汉代王城遗址，"城村"地名之惑得以解答。而这一考古发现却在不经意间揭开了武夷山乃至福建文明史的光辉篇章，还有其背后一段鲜为人知却意义非凡的族群融合佳话。

时间回溯到2000多年前的战国晚期，越王勾践后裔无诸率越族人南下移居闽地，碧水丹山、风景秀丽的武夷山深深吸引了无诸，加之地处天险和水路通畅的优越地理条件，令这位越族领袖决定在此设都，带领族人开辟一番新天地。秦朝末期，无诸挥师北上伐秦，在楚汉相争之际又佐汉灭楚，功勋卓著。《史记》记载，汉高祖五年（前202），"复立无诸为闽越王，王闽中故地，都东冶"，无诸也因此被后世称为"开闽始祖"。这一时期，古闽文化、百越文化以及中原文化相融共生，古闽族和古越族深度融合，闽越国成为福建史上最早、也是最强盛的诸侯国。2000多年后的今天，当我们置身于气势磅礴的古汉城遗址和闽越王城博物馆，犹如穿越时空，回到那个风云际会、惊心动魄、破旧立新的闽越王朝，在感叹先人智慧和王朝兴衰的同时，更深感多民族融合的中华民族之伟大与不易。1999年，城村古汉城遗址作为武夷山双世遗的重要文化遗产组成部分顺利通过了联合国教科文组织的审查，成为举世瞩目的世界遗产，同时被联合国专家誉为"东方的庞贝古城"。2022年12月，城村被列入"国家考古遗址公园"，进入了考古研究、保护管理和文化传承的新阶段。

沿着"城"往北走不远，就进入了"村"。何以有"村"？唐宋时期，中原硝烟四起，躲避战乱的百姓纷纷南迁，身处入闽水陆要冲、沃土良畴的城村成为诸多南迁百姓的定居之所，沉寂了数百年后的城村再度迎来生机。于是，离"古城"不远处，一座"新村"应运而生。值得一提的是，据记载，宋太宗赵光义长子的后代也在元代迁居于此。到了清代，随着武夷茶在全球范围内的热销和海上茶路

（吴心正　刘达友　摄）

的兴起，被崇阳溪环抱的城村凭借优越的地理位置和水文条件，成为闽北的通商大埠，村内茶楼、酒肆、客栈随处可见，"白日千帆过，夜间万盏灯"更是当时繁华城村的生动写照。从那时起，村落的形制格局便一直被完整保存至今，矗立于城村北面的"粤城淮溪首济"门楼见证并铭刻了那段商贾云集、千帆竞渡的光辉岁月。

昔日南门街

◎朱燕涛

中国古代城邑，南门大多是经济最繁荣和文化最昌盛的地方。

崇安（今武夷山市）古城，盘龙般的城郭和庄严宏丽的城楼，以南城门楼最为壮观。移目俯瞰城下，长桥卧波、古樟映翠的师姑洲，一湖碧水、千帆来泊的青龙码头，商铺鳞次、歌馆栉比的南门街，高墙深院、园林幽美的大户民居，寺观堂馆、钟磬相闻的宗教楼宇，荷花映日、稻花送香的南门畈，等等。历史上有"金崇安，银浦城，铜延平，铁邵武"之说，正是昔日南门街成就了"金崇安"的辉煌。

《武夷山市志·大事纪》记载："南宋迁都临安，南方人口增加，经济繁荣，交通渐趋发达。由崇安至江西铅山'车马之声，昼夜不息'，成为闽赣主要通道，建阳刻本多经此地运销外地。"游酢、杨时、柳永、陆游、辛弃疾、李纲等名人，都曾往来武夷山南门街。朱熹写有多首

连通青龙码头与南门街的巷道（朱燕涛 摄）

酒 市

闻说崇安市，家家曲米春[1]。
楼头邀上客，花底觅南邻。
讵有当炉子[2]，应无折券人[3]。
劝君浑莫问，一酌便还醇。

武夷山南门街朱熹《酒市》诗意（郑开初绘《朱熹画传》）（朱燕涛 摄）

《崇安酒市》纪实诗，它们通过状述崇安酒业的发达和酒文化的浓郁，一斑全豹地反映了南宋时期闽赣通道枢纽的状况。另据《崇安县志·第宅》记载，朱熹义父刘子翚的叔父刘韫（号秀野）曾在南门街筑建了一座园林式别墅，内有15处景观。刘韫一一写诗状述并请朱熹步韵酬唱。朱熹作了脍炙人口的《次刘秀野闲居十五咏》。出生于白水的柳永，少年时多次往来崇安南门码头，他的"留恋处，兰舟催发""杨柳岸、晓风残月"等佳句灵感或许就来源于南门码头。明代兵部右侍郎兼金都御史的陈省卜居武夷山，在他的《朱琏（崇安县令）记略》写道"崇居建上游，

南门街青龙码头边（朱燕涛 摄）

为七闽户牖，舟车辐辏，冠盖相属于道"。其中的南门街在以水路为主要交通的古代，是广大商旅出入福建的码头要津。明代徐霞客曾3次来到崇安，每次均从南门街码头登船考察武夷山。

南门街仍保留着部分名人大户宅第，它们建筑风格鲜明优美，是明、清、民国时期民居的博览园。南门街在旧崇安公路开通前，以商埠著称，崇安清末闻名遐迩的"四大家"中，财富最巨的前两姓府第便建于南门街。

2003年武夷山市文体局摸底，南门街仍保存完整的明清宅院有6座及数条小巷。五夫刘氏后裔刘逊谦宅院，王氏"大夫第"，朱、潘两姓的府第等名人故居，

（吴心正　刘达友　摄）

南门朱宅封火墙（朱燕涛 摄）

虽有残损，但大致格局仍在。这些高墙深院的宅第，外观形制与内部结构、材料选用与做工法式，既秉承了江南建筑传统，又有自成一派的建筑风格，极具人文艺术价值与古代建筑学术研究价值。从这些宅门走出去的子女亲眷，许多在政治、学术上获得地位，是崇安百姓至今引以为豪的名流。如朱尔英、潘谷公，早期都在日本留学并追随孙中山参加同盟会，出任过中华民国临时参议会议员、崇安县议长、大学教授；潘谷公的女婿陈昭礼，曾任中共福建省临委书记，与邓小平一同参加过领导百色起义；孙克骥为朱敬熙外孙，成功策反了国民党驻防长江海军舰队，促进了南京的顺利解放，成为新中国第一批少将。

　　南门街成就了"金崇安"美名，造就了武夷"闽商"的青龙码头等古迹，是清代闽北商埠的"活化石"。"金崇安"的南门街，由于位于南城门外并紧邻水运码头，从宋代至明、清、民国，乃至新中国成立初期，都是崇安最繁荣的商业街区，店馆无数，商贾云集。早在清康乾时期，由大户捐资修建于南门街的150多米长的青云廊桥便是闽赣古道上的交通枢纽。屏南桥水毁后，崇安首富朱敬熙

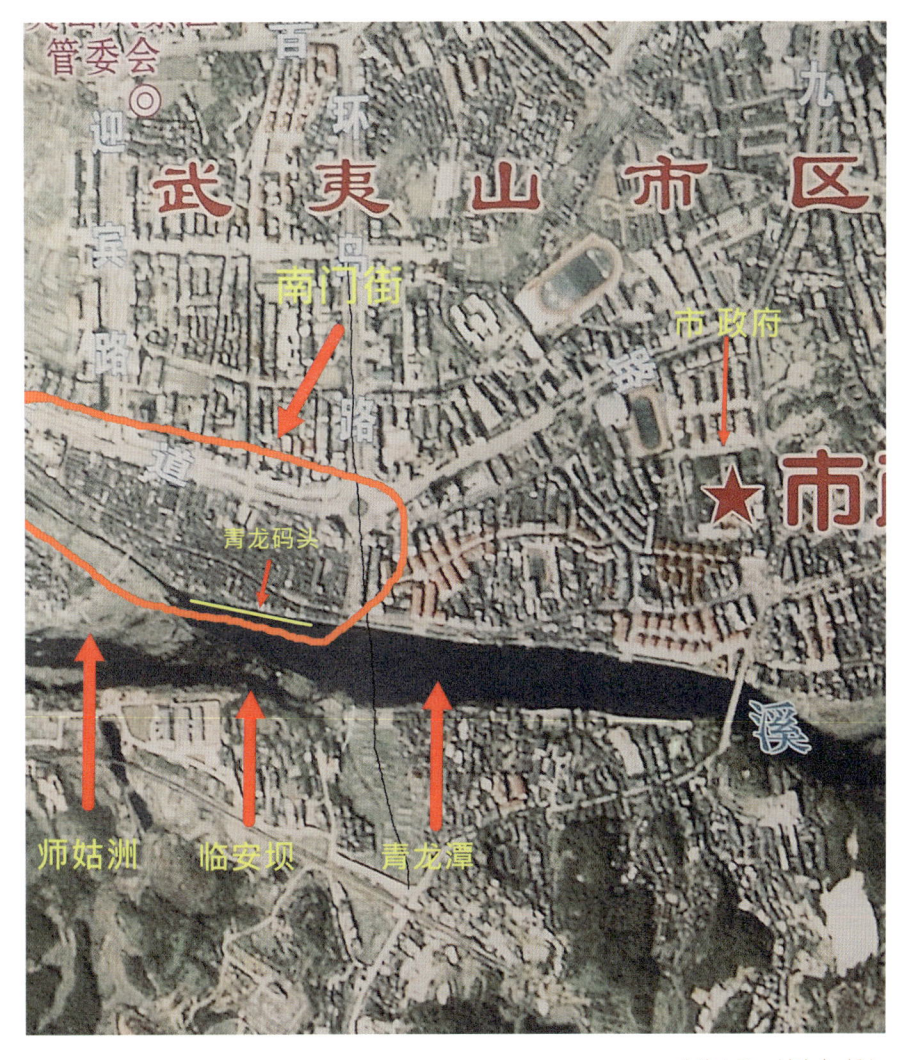

(吴心正　刘达友　摄)

以为母献寿名义"捐万金"在沙古洲建垂裕桥与余庆桥取而代之。

　　与古桥相映生辉的是南门街并行的200多米长的青龙码头，这是闽赣古道上著名的水陆转换口岸：当年"万里茶路"上的武夷山茶叶曾在此集结换马帮驼队北运；"五口通商"后由福建"两口"流入的许多洋货、海产等溯闽江抵崇安时，除食盐外，其他货物均在青龙码头换陆路翻越武夷山山脉北上。江浙湘皖方向来的部分瓷器、丝绸、药材等商品，陆路越过分水关入闽抵达崇安，也在南门青龙

古镇　古村落　91

码头装船，而后下闽江从福州走海路出口世界各地。在相当长的一个时期内，南门街成为与江西河口古镇相呼应的水陆运输发达、商贾麇集的知名商埠。因此作为闽江水系最上游、建于南门青龙码头中段的妈祖庙，香火十分典盛；江西会馆、天主教堂、南兴寺等为各地商人与信众服务的会所、庙馆也随之在南门街兴建并十分热闹。

"五口通商"后青龙码头带来的空前商机，使不少住宅改作了旅馆饭店，原本宽敞的南门街成了与20世纪90年代"汉正街"相似的店铺相连、路面窄小的"商业街"。沿街酒楼、旅馆、茶市、药行、布店、银柜、洋货铺、干货店等，林林总总，不一而足。由于南门街集水陆交通和商业服务于一体，官府在南门街中段设置了厘金局等税收与市场管理机构，南门街商业运输之繁荣可见一斑。崇安因此也富甲一方，涌现了朱、潘、万、丘等商业骄子，赢得了"金崇安"赞誉。

汉城风物

◎ 彭丽红

武夷山有一处南方地区历史悠久、规模最大且保存完整的古城遗址，2022年12月被列入国家考古遗址公园，这就是武夷山古汉城遗址。

古汉城遗址，又称古粤城、闽王城，位于武夷山南麓，始建于公元前202年，

（吴智成 摄）

（吴心正 摄）

是西汉初年，闽越王无诸受封于汉高祖刘邦时营建的一座王城。总面积48万平方米，其地址坐落于连绵起伏的丘陵地上，东西北三面崇阳溪环绕，依山傍水。占地14.6平方公里，周长2896米。司马迁在《史记·东越列传》中记载："汉五年，复立无诸为闽越王，王闽中故地，都东冶。"寥寥数字，记载了福建上古秦汉时期一个辉煌的闽越王城。然而在闽越国立国92年后，汉武帝为集权统治，一把大火将庞大的闽越王城付之一炬，只留下残垣断壁、一片废墟。1958年，考古发现使沉睡于荒山野岭的闽越王城地下宫殿再现人间，它从两千多年的沉睡中醒来，并被世界正式认识。之后在考古人员的努力下，挖掘出大量的历史文物，如铁铤、铜镞、弩箭、万岁瓦当等实物，古老王城穿过悠悠的岁月而来，向人们述说关于一个西汉时期中国南方城市的辉煌历史和厚重文化。如今，当你目睹城墙的雄伟和城门的庄严时，仿佛穿越时空，回到古代，感受那段斑驳的历史。

癸卯年6月，骄阳似火，我们来到闽越王城，有幸听到福建博物院副院长、福建闽越王城博物馆馆长楼建龙，福建博物院研究员梅华全细心的讲解，让我们

闽越皇宫浴池遗址 （吴心正 摄）

对武夷山汉城遗址有了更深的认识。一段古朴恢弘的深红色城墙，满是汉风韵味的门楼上"古粤城"三个大字，斜阳照壁，显出厚实而又凝重。走在幽静的卵石古道上，清风徐徐，谁曾想这显得些许苍凉的古道上曾经是闽越国浩浩荡荡的兵将和车马所必经之地，让人仿佛听到整齐的马蹄声随着清风远远地飘来又远去。进入城门，从一处布满青苔的石阶拾级而上，到了闽越王城正殿基址，高台层次分明，沟壑依稀可见，王城四周山埠保存有较好的夯土城墙。站在遗址上眺望，四周视野开阔，前有溪水缓缓流淌，后有俊美的山峰耸立。两千多年前，威武的闽越王就是从这里登上宫殿。宫殿建筑由中央的主殿、侧殿、前院、四周厢房、主殿周围配房组成，还有东浴池、西天井以及后院、厩庑水井等。

闽越王城宫廷的浴池相当庞大，西边有四条并列的东西向陶管道，北边也有四条并列的南北向陶管道，可以看出设计者布置这个浴池十分注重细节和功能的完备性。为了确保排水畅通，浴池东壁下设有一条小型的排水管道，在浴池北侧东部还有一组回形的陶管道。它的用途至今仍然是个谜，考古学家推测这是当时的供暖设施，在全国范围内的汉代遗址中绝无仅有。现在能看到这个浴池和水管道都是复制品，其中仍然保留着一块原池底的真迹，池底由花纹砖铺砌而成。宫殿浴室池不仅仅是一个洗浴的场所，更是文化和历史的见证，展现出古代工匠们的精巧构思和精湛技艺，体现了西汉时期王孙贵族对生活质量的追求。

  不知不觉中来到了遗址下方一处古井旁，在品尝清甜的井水时缓过神来，只见一侧牌子上写着"华夏第一井"。这口井建于 2000 多年前，井径 113 厘米，高 42 厘米，厚 2.54 厘米，由多节陶质井圈套叠而成，每节井圈上有 4 个对称的小圆孔。古井深度超过了 7 米，令人惊叹的是，当年竟然能够精准地建造井口并打到泉脉。井底铺设了木板，并且井壁由一节一节陶井圈叠砌而成，每节陶井圈上还有 4 个对称的圆孔。通过铺设木板，不仅有效地限制了井底泥沙的扩散，还减小了井圈对底沙土层的压力，避免了井圈的沉降。据当年省卫生防疫站检验，井水含有多种有利于人体的微量元素。1984 年发掘清理这口古井时，考古工作者发现了许多用于汲水的陶缸，还有木梳和井栏木。现如今，在水井中，最上面的两个井圈是原始的，而下面的井圈则是为了辅助加固而设置的。由于这口井在福建省发现的古井中年代最早，因此被称为"闽中第一井"，考古学家考察时认为：秦汉以前古井在国内多已干涸废弃，而这口井还如此泉涌如注，可称得上"华夏第一井"。

古茶园 古茶树

（周华 摄）

石乳留香

◎曾章团

石乳意为石间精华,"石乳"是唐代对武夷茶的美称。

溶洞里千姿百态的天然石钟乳,是中华汉语"石乳"的其中一个释义;另一方面它作为武夷茶名,有着"清泉石上流"的意象感,是对"岩茶"二字的最好演绎。

石乳问世之初,还是以团茶为主的年代。这一事件在文人熊蕃笔下的宋朝知名茶典《宣和北苑贡茶录》中有记载:"又一种茶,丛生石崖,枝叶尤茂。至道初,有诏造之,别号石乳。"生于峭崖岩砾,集群芳之香魂,伴随自然的演绎与时代的交替,这"有诏造之"的石乳茶在历史上曾两度成为贡茶,一鸣天下。

第一次是在北宋,为竞赛评选出的"官茶"。据传,福建省建州(即今南平市建瓯市),蔡襄任福建路转运使亲到北苑督造贡茶,当时斗茶之风盛行,"推杯换盏"间以评比茶质优劣选出贡茶而奉献于朝廷,石乳品质优异,披红中选。此后,石乳"身着蟒袍伴皇驾",和龙茶凤茶齐称上品御茶。

宋徽宗在其《大观茶论》中对石乳有着高度的评价:"夫茶以味为上,香甘重滑,为味之全,唯北苑壑源之品兼之。"待到宋朝第二任皇帝,武夷名丛石乳已闻名于宋代贡茶。《杨文公谈苑》中说:"龙、凤、石乳茶,皆(宋)太宗令造。"相较于自明朝才崭露头角的大红袍,石乳更早成名,也更早得到皇家的宠幸。

第二次成为贡茶则在元代,专为皇家设场种植。据悉,浙江平海行省平章事高兴路过武夷山,让冲佑观道士采制两斤石乳茶上贡。忽必烈尝后下诏在武夷山

（风景成张）

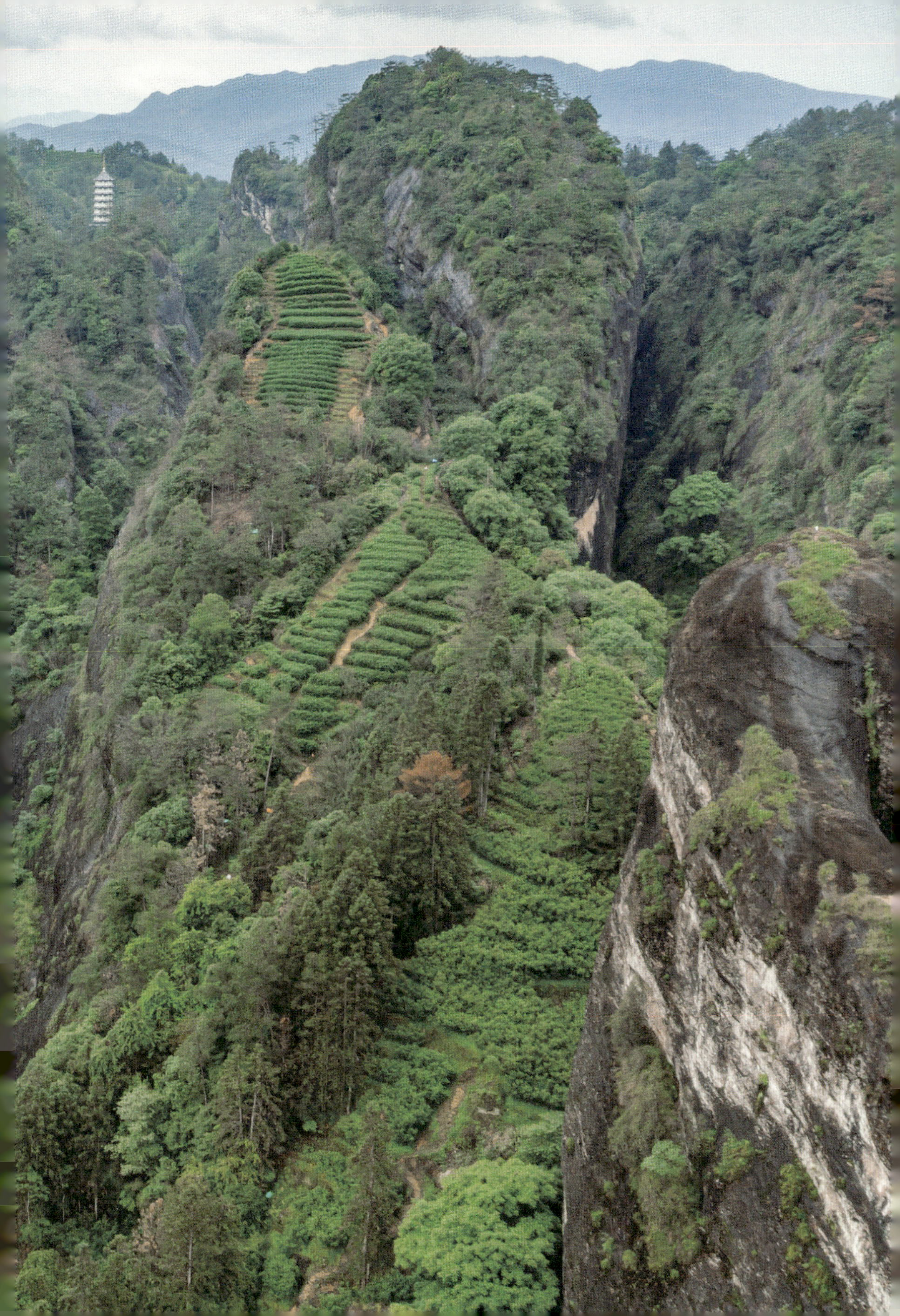

之四曲溪畔设立御茶园，名"皇家焙局"，专门种植石乳进贡。元代著名书法家赵孟頫《御茶园记》记载："武夷，仙山也，岩壑奇秀，灵芽苗焉，世称石乳。"可见当时武夷茶以"石乳"闻名于世。"石乳"在当时是武夷茶的代名词，就像现在我们统称"大红袍"为武夷岩茶一样。

当今的"石乳"又名石乳香，是以香气命名的茶树品种。千年后，茶农在武夷岩茶核心区慧苑、大坑口一带种植石乳，但产量不多。虽说如今茶农连石乳山场都言之凿凿，但也无法确定，现在的石乳和史书所记载的，究竟是不是一回事。

但可以肯定的是，"石乳"作为元代武夷山贡茶中的珍品，常被后人用来代表武夷茶，更渗透于武夷茶文化。武夷山工夫茶茶艺共有十八道程序，在第十四道中："三斟石乳，荡气回肠。"石乳一词，惊艳亮相。

"三斟石乳"即斟第三道茶，"荡气回肠"是第三次闻香。品啜武夷岩茶，闻香讲究连续"三口气"，茶人们认为这种闻香的方法在于鉴定茶香的持久性。由此推测，石乳之茶的香气在三泡之后，仍风韵犹存。

曾经的御茶园、如今的武夷山九龙窠入口处，古老的摩崖石刻上依旧鲜明地显现"石乳留香"四个大字，见证着历史上武夷名丛最早的辉煌。吴骥《石乳留香》诗曰："留香石乳出闽山，一代芳名万代传。"

一丁点烤杏仁味，半点奶香，混合着岩茶皆有的花果香和只可意会的岩韵，在这诸多的岩茶花名中，最具想象力的当数石乳。因为石乳的品质特征几乎未见于文献或典籍，难以考究。而对于感官描述，也仅限于特有的"乳香"，以及武夷岩茶皆有的"果香"，多是笼统的描述。

现在的石乳，作为岩茶花名，倒是可以细细品味。曾有人这样评价：石乳的香虽不比高香茶如雀舌、肉桂等那么张扬，但它的香气也算是浓郁而悠长，且香中带有岩石上的青苔味，细品之还可以感受到奶香。"怎么样，喝出青苔香了吧！"常有人这般问。其实，这青苔香就是茶叶中的苔藓味，经长时间炭火慢炖而转化来的奇妙味道。

此茶不仅香气较高扬，茶汤的滋味也长！显水中香，如烂石，如山花，如熟果；且极为耐泡，十泡之后仍有余香，是武夷岩茶名丛中极难得的好茶，方可之谓"石间精华"。

武夷茶最早文献考

◎肖天喜

武夷茶是福建最早见诸文赋诗词的茶类，千百年来，品评、研究、吟诵武夷茶的文化积淀十分丰富厚重。武夷茶最早文献的探讨也一直在深入，笔者在编撰《武夷茶经》和《武夷山市茶志》的过程中，也发现一些新的观点和论据，现整理出来，供读者讨论。

武夷茶已被认知的最早文献

目前研究认为武夷茶最早记文为宋朝陶谷撰《荈名录》中收录的《晚甘侯》："孙樵送茶，与焦刑部书云：晚甘侯十五人，遣待斋阁，此徒皆请雷而摘，拜水而和，盖建阳丹山碧水之乡，月涧云龛之品，慎勿践用之。"（见《中国茶文献集成》）孙樵，关东人，笃于学、工散文，大中九年（855）登进士第。丹山碧水为武夷山别称，唐时崇安未设县属建阳。民国《崇安县新志》载：孙樵，唐元和年间（806—820）职方员外郎。吴觉农先生在《茶经述评》著作中就此推断：孙樵的茶文"先徐夤的茶诗约七十年，武夷茶最古之文献其在斯乎"（见吴觉农《茶经述评》）。

《全唐诗》708卷收录了徐夤《尚书惠蜡面茶》。诗云："武夷春暖月初圆，采摘新芽献地仙。飞鹊印成香蜡片，啼猿溪走木兰船。金槽和碾沉香末，冰碗轻

春茶满园（丁李青 拍摄）

涵翠缕烟。飞赠恩深知最异，晚铛宜煮北山泉。"徐夤（849—921，莆田人），唐末学者，唐乾宁元年（894）进士第，授秘书省正字。《全唐诗》共收录徐夤诗245首，《尚书惠蜡面茶》是其中之一，是吟诵武夷茶最早的诗作，也是目前发现的福建省最早的咏茶诗。

还在研究的武夷茶早期文献

北宋词人孙渐的《智矩寺留题》记述了四川茶祖吴理真引建溪茶种植于蒙山顶，被立碑，《名山县志》收录了碑文，其中有"昔有汉道人，薙草初为祖。分来建溪芽，寸寸培新土。至今满蒙顶，品倍毛家谱。紫笋与旗枪，食之绿眉宇"，追记了汉代道人（吴理真）引武夷山区建溪茶种，种植于四川蒙顶的茶事。（见程启坤《蒙

顶茶》）

宋代苏轼撰《叶嘉传》，以拟人写法，记述汉武帝喜欢"叶嘉"，歌颂武夷茶。文中记"叶嘉，闽人也……好游名山，至武夷，悦之，遂家焉……天子见之曰，吾久饫卿名，但未知其实耳，我其试哉！……由是，宠爱有加"（《武夷茶经》卷十三）。在这里苏轼把武夷茶引申到汉代，因未见其他文献记载，目前作为传说。但是汉武帝祭祀武夷君却是记载在司马迁著的《史记》中，武夷山闽越王城遗址，出土了类似茶壶的汉代的陶盉，也是例证。

清代蒋衡撰《晚甘侯传》，记述："晚甘侯，甘氏如荠，字森伯，闽之建溪人，世居武夷丹山碧水之乡，月涧云龛之奥……先是森伯之祖，尝与王肃善及肃入魏而见辱于酪奴。"（《武夷茶经》卷十三）王肃（454—501），北魏琅琊人，癖与茗饮。陆羽《茶经》中茶之事《后魏录》："琅琊王肃，仕南朝，好茗饮莼羹。及还北地，又好羊肉，酪浆。"人或问之："茗如何酪？"肃曰："茗不堪与酪为奴。"蒋衡在这里记述武夷茶"森伯"的祖先曾经被南朝王肃喜爱，而王肃是在南朝"茗与酪为奴"屡载茶史的一段公案的主角，因此茶学大家陈椽据此推算武夷茶最早被人称颂可以追溯到497—502年间（见《武夷茶经》卷十四），这个推算也待其他史料佐证。

笔者考证认为，南朝江淹是武夷茶最早记录人

江淹（444—505）字文通，南朝著名文学家，他约在473年由东海郡丞贬到吴兴（现今浦城县）任县令，477年又被朝廷召回，后官至中书侍郎。江淹在他的《江文通集·序》中对这一段经历写道："地在东南峤外，闽越之旧境也，爰有碧水丹山，珍木灵草，皆淹平生至爱。不觉行路之远，山中无事，与道书为偶，悠然独往或日夕忘归。"（见《历代名人与武夷山》）这段序文、记录了江淹在吴兴当县令时（约在473—476）受建安郡丞陈昱等邀请，到早已向往的武夷山游览的经历。武夷山，地在吴兴东南峤外，闽越王城旧境内。江淹对武夷山"碧水丹山"的赞美吟诵从

此成为武夷山的代称,千古传唱。明朝建文年间"碧水丹山"还被刻在九曲溪的水光石上,点悟着历代游客。

笔者认为这段记文中还有一个重大信息,被长期忽略了,这就是被南朝时江淹平生至爱的"碧水丹山"山水外,还有"珍木灵草"。"灵草"就是江淹记述的武夷茶,也是他平生至爱。茶叶在古代称谓很多,如"荈""茗""茶""苦茶"皆从草,也称"灵芽""灵草"。"茶"字为唐代陆羽著《茶经》前后开始通用,固定下来。

把茶称为灵草,自江淹后各个朝代都有。在记文、诵诗中把茶称为灵草,或者把武夷茶直接称为灵草的列举部分文献,如:唐朝陆龟蒙的《茶人》:"天赋识灵草,自然种野姿。闻来北山下、似与东风期……"(见《全唐诗》)

北宋黄庭坚的《碾建溪第一》:"建溪有灵草,能蜕诗人骨。除草开三经,为君碾玄目。"(见《武夷茶经》卷十二)

北宋沈括的《梦溪笔谈》(卷二十四):"予山居有茶论,尝茶诗云:谁把嫩芽名雀舌,定知北客未曾尝。不知灵草天然异,一夜风吹一寸长。"

元朝赵孟頫的《御茶园记》:"武夷,仙山也。……爱自修贡以来,灵草有知,日入荣茂。"(《武夷茶经》卷十三)

明朝罗廪的《茶解》:"而今之虎丘、罗齐、天地、顾渚、松萝、龙井、雁荡、武夷、灵山、大盘、日铸诸有名之茶,无一与焉,乃知灵草在在有之。"(见《中国古代茶叶全书》)

明朝许次纾的《茶疏·产茶》:"天下名山,必产灵草,江南地暖,故独宜茶……唯有武夷雨前最胜。"(见《武夷茶经》卷十三)

清朝蒋周南的《咏茶诗》:"丛丛嘉茗被岩阿,细雨抽芽簇实柯。谁信芳根枯北苑、别绕灵草产东和。上春分焙工微拙,小市盈筐贩去多。列肆武夷山下买,楚材晋用帐如何。"(见《武夷茶经》卷十二)

以上是各个朝代将茶和武夷茶称为灵草的部分摘录,也可印证南朝江淹早在473—475年间游览武夷山,赞美碧水丹山,欣赏珍木,品饮灵草,不觉路远,还与道书为偶(武夷山为道教十六洞天),或日夕忘归。江淹提到碧水丹山、灵草,

牛栏坑茶园（郑友裕 摄）

与唐末孙樵提到的"丹山碧水""晚甘侯"，与清蒋衡提到的"晚甘侯，字森伯，世居武夷丹山碧水之乡，森伯之祖，与王肃（南朝）善"都存在一定的联系，甚至是相互呼应的，也佐证了江淹是用"碧水丹山"来描写武夷山水，用"灵草"来描写武夷茶的最早记述人。江淹至爱的"灵草"就是武夷茶，他在《江文通集·序》中关于灵草的记文应当是武夷茶的最早文献。

如果这一考证被茶界接受，武夷茶最早文献将由此前认知的唐代孙樵《晚甘侯》文的时间往前推至南朝，提早330年。

一棵永远的树

◎沉 洲

在这世上，没有任何一种植物像茶树那样，和人类的生活紧密相连。自从炎黄始祖之一的神农氏"采百草日遇七十二毒得荼（古语通茶）而解之"后，茶在中国人的生活里从此扎根。王孙贵族往往指树独有，寻常百姓也可以粗茶淡饭，柴米油盐酱醋茶。文人雅士"从来佳茗似佳人"，为它添墨加彩；一国之君也可以弃国事于一侧，为它挥洒《大观茶论》……千余年日积月累，衍生出精深博大的茶文化以及异域的茶道精神。迄今为止，现代科学家还在痴迷地拆解它的构成，未见穷尽。对于如此神奇的一种植物，我只能用一位老友搜尽枯肠后颇为无奈的词汇做题目，表达敬畏之情。

武夷山风景名胜区北部有条九龙窠峡谷，入口距度假区约3000米，这就是大红袍景区。峡谷深切，两侧岩壁时常陡峭逼仄，很有一种在高墙深巷下穿行的感觉。峡谷中立有九龙茗丛园的石碑，镌刻着茗丛植株名字。两边依谷傍崖，遍植武夷奇茗27种，著名的有白鸡冠、水金龟、半天腰、金观音、铁罗汉、白牡丹、白瑞香等等。

九龙涧高耸着石骨嶙峋的九座巉岩，峰脊高低起伏，犹如九条巨龙。峡谷口矗立一座浑圆峰岩，像一颗龙珠居于九岩之间，形似九龙戏珠，惟妙惟肖。走出幽邃峡谷，离开淙淙的水声，豁然宽敞的谷底北面，刻着"大红袍"三字的岩壁半腰上，可见石堰护卫的盆景式茶园，苔迹斑驳，其间6株古朴苍劲的茶树葱葱

（吴智成　摄）

郁郁，这就是举世闻名的"大红袍"母树。由于生长环境得天独厚，成品茶的色香味绝佳，岩韵特异，称其"天产绝品"，没人会生出异议。

  2000年，大红袍母树被《福建省武夷山世界文化和自然遗产保护条例》列为重点保护对象；2006年6月4日，中央电视台新闻联播播报：武夷岩茶（大红袍）制作工艺被作为国家首批非物质文化遗产受到保护，6棵大红袍母树停止采摘；2007年10月10日，武夷山绝版"大红袍"送藏国家博物馆仪式在紫禁城外的端门大殿举行，最后一次采摘自大红袍母树制成的成品茶20克，由武夷山市人民政府郑重地赠送给"国博"珍藏；2010年1月21日，"武夷山大红袍"被国家工商总局认定为中国驰名商标；2022年11月30日，武夷岩茶（大红袍）制作技艺列入世界非物质文化遗产名录。

  "大红袍"之名缘起民间传说。相传唐朝时有一秀才赴京城赶考，途经武夷山，染恙未愈，考期日近，心焦如焚。天心永乐禅寺的方丈以九龙窠崖上茶入药，给秀才服用后，病即痊愈。秀才后来高中状元，衣锦返乡，为报佛恩，把钦赐的红袍披于茶树。

  武夷山九龙窠十几米高的崖壁上生长了500年的6株"大红袍"母树，位居

古茶园　古茶树

武夷岩茶四大茗丛之首,取其青叶制成的茶独具"岩骨花香"之韵。数百年来,因其罕见难求,流传着仙人自古栽、红袍加身、驯猴摘青、兵勇护卫等等的传奇故事。话说1972年,毛主席曾送4两大红袍给尼克松,其暗忖主席送得少,岂知大红袍乃稀世珍品、国之珍宝,6棵母树一年仅产8两,主席已送"半壁江山"。"大红袍"自被人类发现、利用的那一天起,从来都是高坐神坛,让人可望而不可即。

任何靠近国宝"大红袍"的人都不得揣有非分之想,茶叶专家采其一支条穗做实验研究要历经层层审批。据说是茶叶专家姚月明在山里进行茗丛调查时,找到了当代茶圣吴觉农曾在北斗岩发现的另一株"大红袍"茶树,取条穗扦插成功,因属未经上级批准的试验,不能公开成果,取名北斗。到了20世纪80年代初,时代不同了,"大红袍"大批量无性繁育成功,后经专家鉴定,得出一致结论:其保持了母树优良特征及特性,在武夷山特定的生态环境条件下可以大面积推广。

今天,九龙窠崖壁上的6株大红袍古树,已列入世界自然遗产名录,被英明地停采留养,而通过无性繁殖的大红袍也在武夷茶人的精耕细作下,发展到了4万多亩。武夷岩茶获得国家地理标志产品保护,制定了强制性的国家标准。"大红袍"已成为武夷岩茶的响亮品牌和代名词,从此走下神坛,走进平民百姓,走入千家万户,让我们每一个人都能够享受到它外形的油润带宝色、内质的香气浓长清幽、滋味的醇厚甘爽和岩韵、汤色的清澈艳丽。

这是千百年来,武夷茶人历经了一代代的传承和创造,对人类物质和精神的一种贡献。

2007年底,首届海峡两岸茶博会,我主持了武夷山展馆的策划布展。记得制作可组装拆卸、重复使用的展馆道具时,曾经遍访榕城坊间的刻匾店,把时任省委书记赠给武夷山市的一副对联——"忆当年六棵母树五百年流芳,看今朝数亿红袍千万里飘香",在黑底木板上用古隶体阴刻镏金,挂在装饰着仿古琉璃瓦的展馆大门两侧。这副对联为"大红袍"以后的宣传作了精准的定位,可称压卷之作。

后来北京马连道国际茶展上,我又真刀实枪操练。"大红袍"虽让人垂涎,就那高高在上的6棵,一年不足一市斤的成茶量,岂能轮上万里之外的北京人来品?我在策划案中详细说明了这种带普遍性的认知,建议准备精致的大红袍茶树

(吴心正 摄)

小盆景，赠送给参加茶展的群众。当时，各家媒体对此兴趣十足，一个个打破砂锅问到底。武夷山"大红袍"无性繁殖成功已经多年，"大红袍"早已走下神坛，现在还走进了京城、走进全国的寻常百姓家中。这些信息通过媒体的传扬，让北京人刷新了旧有的认知。

皇帝茶园

◎ 彭小斌

在武夷山九曲溪四曲溪畔，有一处"御茶园"遗址。"御茶园"始建于元朝大德六年（1302），是元、明两个朝代官府督制贡茶的地方，距今有720多年的历史。

> 武夷粟粒芽，采摘献天家。
> 火分一二候，春别次初嘉。
> 壑源难比拟，北苑敢矜奇。
> 贡自高兴始，端明千古污。

武夷山当地清代历史名人董天工在他的《武夷山志》中收录了他自己创作的这首《贡茶有感》，咏叹武夷茶历史和武夷山御茶园创建缘由。

"武夷粟粒芽，采摘献天家。"来源于唐代诗人徐夤和宋代文豪苏轼诗句。徐夤在他的《尚书惠蜡面茶》诗中云："武夷春暖月初圆，采摘新芽献地仙……分赠恩深知最异，晚铛宜煮北山泉。"可见武夷茶在唐代就受到宫廷喜爱。

苏轼在他的《荔枝叹》诗中说："武夷溪边粟粒芽，前丁后蔡相宠加。争新买宠各出意，今年斗品充官茶。"说明宋代武夷茶已"斗品充官"进贡了。

据了解，武夷茶见于汉代，起于唐代，兴于宋代，设御茶园进贡在元代。苏轼诗中的"前丁后蔡"分别指宋代的丁谓和蔡襄，是他们把同属于武夷山脉的北

御茶园（吴心正 摄）

苑茶推到了一个高峰。

丁谓曾任福建转运使，负责监制御茶，很重视御茶采摘制作的"早、快、新"。他要求"社前十日即采其芽，日数千工繁而造之，逼社即入贡"。由于采制精细，在丁谓手中，当时的北苑茶已誉满京华，号为珍品。到了宋代庆历年间蔡襄（官至端明殿学士）创造小龙团进献皇帝，受到喜爱，被要求年年进贡。欧阳修《归田录》有云："茶之品莫贵于龙凤，谓之团茶。凡八饼重一斤。庆历中蔡君谟为福建转运使，始造小片龙茶以进，其品绝精，谓之小团。凡二十饼重一斤，其价值金二两。"如此名贵的北苑茶与后来高兴进献给元朝廷的武夷山"石乳"茶相比，武夷茶表现出了"壑源难比拟，北苑敢矜奇"。于是，武夷茶进入"贡自高兴始，端明千古污"的元代建御茶园入贡历史时期。

元朝至元十六年，即1279年，高兴时任福建行省招讨使、右副都元帅，这年他路过武夷山，监制了"石乳"茶数斤入献皇宫，深得皇帝赞赏。大德五年（1301），高兴的儿子高久住任邵武路总管之职，就近到武夷山督造贡茶。第二年即大德六

古茶园 古茶树

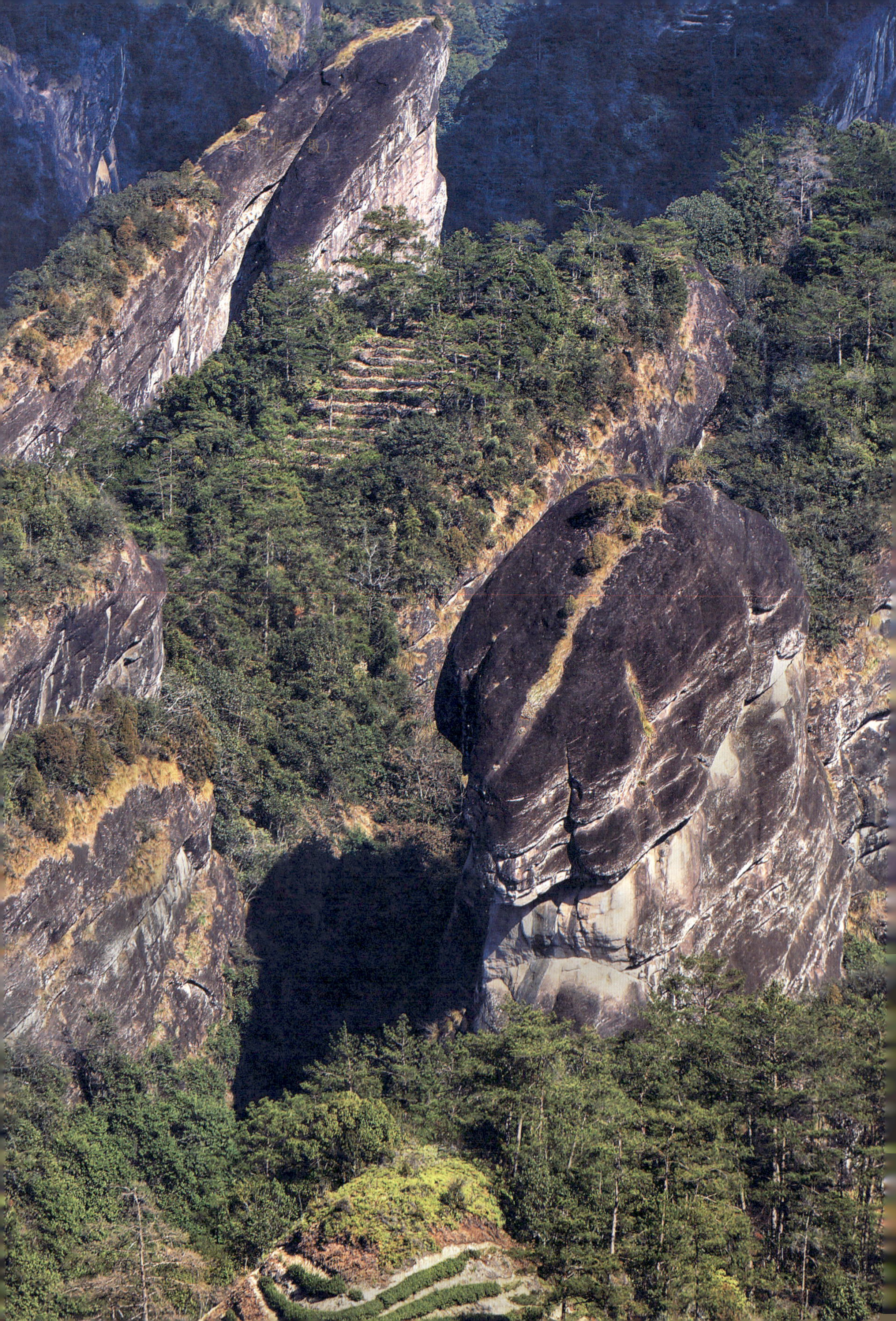

年(1302),高久住在武夷山九曲溪四曲溪畔创设了皇家焙茶局,称之为"御茶园"。从此,武夷茶正式成为献给朝廷的贡品,每年必须精工制成龙团饼,沿着驿站快递送入大都(今北京)。明代《永乐大典》编纂者苏坤《见贡头春漫成》诗咏叹采摘御茶场景:"采摘金芽带露新,焙芳封裹贡枫宸。山灵解识君王重,山脉先回第一春。"

元代修建的这个御茶园,楼宇恢弘,布局完备,前有仁凤门,后有拜发殿(第一春殿)和清神堂,四周配以思敬亭、焙芳亭、宜寂亭、浮光亭,搭了碧云桥,掘了通仙井(又名呼来泉),后来还造了喊山台。御茶园设有场官、工员,负责管理监贡,初时贡茶20斤,采摘户才80户。到了泰定五年(1328)崇安县令张瑞本于园之左右各建了一个茶场,采摘制茶的农户增加到250户,采茶250斤,制龙团5000饼。

值得一提的是喊山台。至顺三年(1332)建宁总管暗都剌在通仙井畔筑一高台,高五尺,方一丈六尺,名为"喊山台",山上还建造了喊山寺,供奉茶神。在每年惊蛰之日,御茶园官吏都要偕当地县丞登临喊山台,祭祀茶神,举行隆重的喊山祭茶仪式。祭礼最后,鸣金击鼓,茶农拥集台下,同声高喊:"茶发芽!茶发芽!"响彻山谷,回音不绝。在回荡嘹亮的喊声中,通仙井的井水慢慢上溢,甚为奇异。喊山祭茶仪式结束后,茶农才可以开山采茶。

元初文学家、画家、"楷书四大家"之一的赵孟頫还为高兴父子创建御茶园作了一篇《御茶园记》。全文如下:

> 武夷,仙山也。岩壑奇秀,灵芽茁焉。世称石乳,厥品不在北苑下。然以地啬其产,弗及贡。至元十四年,今浙江省平章高公兴,以戎事入闽。越二年,道出崇安。有以石乳饷者,公美芹思献,谋始于冲佑道士,摘焙作贡。
>
> 越三载,更以县官莅之。大德己亥,公之子久住奉御以督造,寔来,竟事还朝。越三年,出为邵武路总管,建邵接畛,上命使就领其事。是春驰驿诣焙所,祗伏厥职,不懈益虔,省委张璧克相其事。明年,创焙局于陈氏希贺堂之故址。其地当溪之四曲,峰攒岫列,尽鉴奇胜,而邦人相役,翕然子来。

爰即其中作拜发殿六楹，跋翼翚飞，丹垩焜耀，夹以两庑，制作之具陈焉。而又前辟公庭，外峙高阁，旁构列舍三十余间，修垣缭之。规制详缜，逾月而事成。

爰自修贡以来，灵草有知，日入荣茂，初贡仅二十斤，采摘户才八十。星纪载周，岁有增益，至是定签茶户二百五十，贡茶以斤计者，视户之百与十，各嬴其一焉。余仿此焙之，制为龙凤团五千。制法必得美泉，而焙所土驿刚，泉弗寞。俄而殿居两石间，进涌澄泓，视凤泉尤甘冽，见者惊异。因甃以甓亭其上，而下者凿石为龙口，吐而注之也。用以溲浮，芳味深邕。盖斯焙之建，经始于是年三月乙丑，以四月甲子落成之时，邵武路提控案牍省委张璧复为，崇安县尹孙瑀董其役，而恪共贡事，则建宁总管王鼎、崇安县达鲁花赤与有力焉。既承差谷，协恭拜稽，缄匦驰进阙下，自是岁以为常。

钦唯圣朝，统一区宇，乾清坤夷，德泽有施，洽于庶类。而平章公肇修底贡，父作子述。忠孝之美，萃于一门。和气熏蒸，精诚感格。于是金芽先春，瑞侔朱草，玉浆喷地，应若醴泉。以山川草木之效珍，见天地君臣之合德，则虽器币货财，殚禹风土之宜，尽周官邦国之用，而蕃芛备其休证，滂流兆其祯祥，蔑以尚于此矣。

建人士以为，北苑经数百年之后，此始出于武夷仅十余里之间，厥产屏丰于北苑，殊常盛事，旷代奇逢，是宜刻石兹山，永观无斁。爰示兴创颠末，祥孟燧受而佑简毕焉。孟燧不得辞，是用比叙大概，出以授之。庶几彰圣世无疆之休，垂明公无穷之闻，且使嗣是而共岁事者，益加敬而增美云。

在武夷山四曲的题诗岩上现在仍存的元朝摩崖石刻内容与《御茶园记》记载可形成对照，上刻："县尹孙瑀奉上司命，建茶焙拜发殿，衙、厅、门、庑、亭、井一新。大德十年，再同新教官詹从祥监造茶品。同游教官刘棠、道士徐守真，时场官杜亨江文。"石刻中的"县尹孙瑀奉上司命"同《御茶园记》中的"崇安县尹孙瑀董其役"属同一个人，成为实证。

明代洪武二十四年（1391），朱元璋诏令不得辗揉"大小龙团"，按新的制作方法改制芽茶入贡。从此，武夷茶由蒸春团饼茶逐渐改为晒青、蒸青散茶制法，后期改进为炒青绿茶，提高了武夷茶的产量和质量。陈橼认为"炒青绿茶的发展，可说是制茶工业领域的大革命"，促进了武夷茶的发展。这种局面持续到明嘉靖三十六年（1557），最终由于本山茶枯，官府不得不停办茶场。自此，这个有着255年历史，曾经显赫一方的武夷山御茶园便被废弃了。

直到清朝初年，武夷茶才恢复元气，又成为皇室的列贡，但产地已从御茶园转移到山北一带。

"当代茶圣"吴觉农先生说："闽茶以武夷产者，声名为最著，昔时充为贡品，脍炙人口。盖武夷不独以山水胜天下，尤以茶品之奇而负名者也。"

如今，经过历史变迁，武夷山已成为世界文化与自然双遗产地、首批国家公园，武夷岩茶（大红袍）制作技艺列入联合国人类非物质文化遗产名录，而作为见证武夷茶辉煌历史的"御茶园"，曾经的建筑虽已荡然无存，但那口通仙井仍在，井仍泉涌，泉水清洌。1997年后人在原拜发殿（第一春殿）遗址上重建了御茶园茶楼，茶楼前为武夷山茶叶研究所的名丛、单丛标本园。标本园里茶树郁郁葱葱、千姿百态。漫步御茶园，坐在御茶园茶楼里，清饮一口时，看着楼外青翠的茶园，不禁脱口诵吟朱熹《春谷》诗："武夷高处是蓬莱，采得灵根手自栽。地僻芳菲镇长在，谷寒蜂蝶未全来。红裳似欲留人醉，锦障何妨为客开。饮罢醒心何处所，远山重叠翠成堆。"

晚甘侯的荣耀

◎彭彩珍

沐浴着晨风，我们来到武夷山大红袍景区，踏上了岩骨花香漫道。一路上绿草茵茵，茶树葱茏。山野河谷，大自然的怡人风光，令人身心愉悦。

正行走间，山路两侧巨大的岩壁，出现一条狭长的峡谷，这就是著名的九龙窠——母树大红袍的原产地。在一块地势相对开阔的区域，我们抬头仰看，只见刀削般的崖壁上，布满了摩崖石刻。石刻的书法，龙飞凤舞，鬼斧神工。

首先映入眼帘的是范仲淹的《和章岷从事斗茶歌》："溪边奇茗冠天下，武夷仙人从古栽。"接着是杜本的《咏武夷茶》："春从天上来，嘘拂通寰海。纳纳此中藏，万斛珠蓓蕾。"还有许次纾传世之作《茶疏》："唯武夷雨前最盛……"

看着这一方方古意盎然的文字，我琢磨着其中蕴含着的深刻寓意，不禁联想古代清悠的山水之间，这些文圣、茶圣，一边吟哦诗词、一边品尝武夷岩茶的情景。在这里，最能感受到武夷茶的荣耀的，是崖壁上醒目的"晚甘侯"三个大字。

摩崖石刻"晚甘侯"三个字，取自"书圣"王羲之的书法。据考证，"晚甘侯"是最早发现的有关武

（肖文凤　摄）

118　武夷古韵流风

夷岩茶的记载文字，出自唐代孙樵《送茶与焦刑部书》："晚甘侯十五人遣侍斋阁，此徒皆请雷而摘，拜水而和，盖建阳丹山碧水之乡，月涧云龛之品，慎勿贱用之。"孙樵送茶给焦刑部，附书信说，送十五个武夷山的茶团"晚甘侯"给你，供你在书房中品尝。这茶可是乘着雷声而采摘的嫩芽，用祭拜过的圣水蒸捣而和，是福建建阳武夷山丹山碧水之间、月涧云龛之上的神品，请不要随意浪费如此灵物。

孙樵是唐朝进士，官至中书舍人。孙樵于唐僖宗年间（873—888）到过崇安（武夷山），当时崇安隶属建阳县，故孙樵信中称"建阳丹山碧水"。孙樵迷恋于丹山碧水和武夷岩茶，自己品尝还不够，还带茶回京城分享给达官友人。他以拟人化手法，以"晚甘侯"比喻武夷岩茶，将武夷岩茶上升到侯爵的高度，表达了心中的推崇。此后，"晚甘侯"就成了武夷岩茶的一种代称。

宋代苏轼撰《叶嘉传》，也用拟人手法，将武夷茶命名为"叶嘉"，评价之高可以说是无以复加。《叶嘉传》描写汉武帝喜欢"叶嘉"，文中记"叶嘉，闽人也……好游名山，至武夷，悦之、遂家焉……天子见之曰，吾久饫卿名，但未知其实耳，我其试哉！……由是，宠爱有加"。《叶嘉传》还写汉武帝在喝了武夷茶后，感觉特别好，疲惫的精神不知不觉就变得清爽了。《尚书》说"敞开你的心泉，滋润我的心田"，就像是在形容叶嘉。

清代大书法家蒋衡为武夷岩茶立传，撰写《晚甘侯传》，文中写道：

> 晚甘侯，甘氏如荠，字森伯，闽之建溪人也。甘氏聚族其间，率皆茹露饮泉，倚岩据壁，独得山水灵异，气性森严，芳洁回出尘表。大约森伯之为人，见若面目严冷，实则和而且正；始若苦口难茹，久则淡而弥旨，君子人也。……森伯虽故冷面，而上愈益优渥之；亦时时进苦口，上亦茹纳之。由是森伯声价重天下，公卿争欲得以为荣……赞曰：建溪山水深厚，其大醇，茂而质直。予尝游武夷，流览三十六峰之胜，见森伯故所，居处山皆石骨，水多甘泉，土性坚而腴……

文中借用宋朝陶谷《荈茗录》中对茶的称呼"森伯"和《诗经·邶风·谷风》中"谁

岩上采茶（张筱惜　摄）

谓荼苦？其甘如荠"，给武夷茶起姓名：甘如荠，字：森伯。《晚甘侯传》将武夷岩茶喻为君子，初品苦涩，而后甘甜、恬淡。文中还进一步描绘了武夷岩茶得天独厚的生长环境，水润的山骨、坚腴的土地，烂石砾壤，独享着大自然的惠泽。茶学专家林馥泉概括得最好："武夷岩茶可谓以山川精英秀气所钟，岩骨坑源所滋，品具泉洌花香之胜，其味甘泽而气馥郁。"这些都促使"晚甘侯"名声远播，令武夷岩茶"声价重天下"，达官贵人"争欲得而为荣"。

　　从历史回到现实，我们继续往前走。走过九龙窠峡谷，一段清洌流水出现在眼前，涧水清洌，水草婀娜。水面上有数个石墩，形成曲径。我们跨踏一个个石墩，像凌波微步。在石墩上转过一个大弯，在目光所及的岩壁上，我们看见了6株赫赫有名的母树大红袍。当我们投以崇敬的目光时，感觉淳厚的母树大红袍的茶香，穿越千百年，向我们飘过来。我们不禁都深深吸了一口气。

　　明朝期间，武夷岩茶已成为朝廷的贡品。大红袍享誉天下，夹带着坊间美好的传说。明代举人丁显进京赶考，经过武夷山时身染重病。永乐禅寺的主持，摘岩壁上的岩茶为书生治病。饮了几天茶汤，书生的身体逐渐康复，进京后高中状元。回程到武夷山时，他脱下状元大红袍，披于岩壁茶树上，以示感恩。岩茶"大红袍"

因此得名，成为武夷岩茶的又一代称，和"晚甘侯"一样，是武夷岩茶的高贵象征。

区区大红袍的6株母树，异常珍贵。

即使作为朝廷贡品，数量也是极少。清乾隆年间献给皇帝的礼单中，有"大红袍八两、碧螺春二十斤、龙井三十斤"的记录，足以说明大红袍的稀有。

到了现当代，大红袍的高贵有增无减。

20世纪90年代，原福建省委政研室主任林玲，曾在《福建日报》"武夷山下"副刊发表短文，介绍了一则历史故事：1947年，原福建省人大常委会主任程序赴延安参加党的"七大"时，曾带去母树大红袍茶叶。毛泽东、周恩来、朱德等领导喝了这款茶，交口称赞。从1950年起，母树大红袍成品茶，每年都专门监制送进中南海。一直到1966年，毛泽东亲笔给崇安县（今武夷山市）政府写了一封短信，大意是不要再搞特权，大红袍不用再送中央了。毛泽东还寄了300元，聊补茶资。他的短信，也刊登在了报纸上。

当年美国总统尼克松访华，毛泽东主席赠他4两大红袍。尼克松私下说毛泽东"小气"。周恩来说，主席已将"半壁江山"奉送了，并解释了大红袍的典故。尼克松听后肃然起敬。

我们曾经以为这是"戏说"，现在联系起来看，真实度很高。央视《走遍中国》拍摄5集电视片《武夷茶文化》时，导演莫骄曾专程赴上海采访毛泽东当年的翻译唐闻生。唐闻生因为生病躺在床榻上没有出镜，但她向莫骄亲口证实"是有其事"。

如今，通过无性繁殖，母树大红袍培育成功，已在武夷山脉广泛种植。名茶大红袍正如旧时王谢堂前燕，飞进了寻常百姓家，我们也得以品尝这茶中贵族的芬芳。

在岩骨花香漫道，我们经历了晚甘侯及大红袍的沧海桑田，被历史的茶香沐浴熏蒸，心头有一种难言的喜悦。来到一处涧水边，我们围坐一块大岩石上，汲一壶山泉水，用旅行卡式炉烧开，然后泡上一泡大红袍。一刹那，岩茶的香气氤氲缭绕，未入口，心已醉。我们举起茶盏，敬山崖，敬曲水。

我们开心地对着山谷呼喊：晚甘侯！大红袍！

山山水水，响起一片回声。

拜伦钟爱武夷红茶

◎黄光炎

英伦大诗人拜伦,对酒和咖啡似乎都不感冒,其长诗《唐璜》感叹前者不利健康,后者喝多了使人清醒得容易伤感。于是拜伦只好"求助"东方的武夷红茶了。

中国茶业史上有一件"怪事",就是世界红茶最早出自中国,但中国人大多并不特别钟爱红茶。武夷山亦是如此。都说武夷山的正山小种是世界红茶的鼻祖,但武夷山人更多的还是喜欢岩茶。

中国的红茶,品种很多,但味道基本相似。记得二十几年前在政和工作时,省内还掀起过红茶热,除正山小种之外,政和工夫、坦洋工夫、白琳工夫竞相复出。一时间,是先有正山小种还是先有政和工夫,是先有政和工夫还是先有坦洋工夫,似乎有点各不相让,好像至今百度词条里,仍有两大工夫各称自己是闽红三大工夫茶之首。

鲁迅先生说,有好茶喝,会喝好茶,是一种清福。之于个人,鲁迅这话不假,但我认为会喝好茶除却个人品茶的功夫,还在于整个喝茶的社会大环境。如宋代中国,制茶技术进入改革时期,饮茶风气盛行,茶成了人们日常生活中必不可少的东西。各地产茶不下百种,仅贡茶就几十种,其中武夷茶也是贡茶的一部分。到了17世纪,武夷茶开始外销。几十年后,武夷茶已发展成为一些欧洲人日常必需的饮料,而在英国伦敦市场上,武夷茶更是有一种和而不同、回旋有味的清韵,成为喝茶人之首选。如此看来,中国红茶显然是好茶,但它也离不开社会的变化、茶艺的革新，否则它就不会那么早就在西欧世界风靡。

茶，究竟是个什么东西呢？按粗浅的概念，应该可以叫作苦涩香甘集于一身的一种树叶吧。如果用《小五义》中那位壮士的形容，茶的滋味就是香喷喷、甜丝丝、苦因因。但就是这么个苦涩香甘相混合的东西，在不同的人嘴里就喝出不同的感觉。尤其在封建社会人分三六九等，"开门七件事，柴米油盐酱醋茶"，本应是家常事，但被一些古代文人一拨弄，喝也喝出牛饮与雅饮之分。所谓粗人、俗人喝茶叫牛饮或解渴，达官贵人或文人雅士喝茶叫品茗。于是，喝着品着，品着喝着，慢慢地就喝出个名堂、品出子丑寅卯来了。如白居易的《琴茶》："琴里知闻唯渌水，茶中故旧是蒙山。"朱熹的《茶灶》："饮罢方舟去，茶烟袅细香。"……这些俯拾即是的赞美茶诗，想象新奇神妙，境界通达变化，细细品读，往往觉得豁然开朗。

其实，古代许多皇帝也都爱茶。依我看，最爱茶的应该是宋徽宗赵佶吧！他不仅因茶将自己的年号"政和"，送给了当时给他进贡茶叶的关吏县作县名，还撰写了茶论专著《大观茶论》。这部专著不光对北宋时期蒸青团茶的产地、采制、烹试、品质等作了记述，尤其对当时的斗茶风尚叙述详细。

斗茶也叫茗战，皇帝喜欢，自然举国效仿，尤其达官显贵和文人雅士就更乐此不疲。看看吧，范仲淹《和章岷从事斗茶歌》："北苑将期献天子，林下雄豪先斗美"，还有苏轼的《荔枝叹》："争新买宠各出意，今年斗品充官茶"。一时间，从官焙到民焙，从皇宫到民间，从茶人到茶商，从百姓俗人到文人雅士，几乎各个阶层都斗茶成风。而茶这一斗，就斗出了武夷岩茶品种的层出不穷和武夷岩茶文化地位的不可替代，也斗出了国人嘴巴的刁钻古怪。

于是，出产于武夷山的正山小种，尽管"红"得发紫，武夷山当地人还是以喝岩茶为主；尽管中国红茶品质上乘，但国人还是以喝绿茶、乌龙为主。因为乌龙、绿茶名目繁多，层出不穷的香甘味韵，长期以来统治了国人的味觉，导引了国人的思维，而红茶由于香气和韵味都比较单一，尽管品质再好也不经斗，因而就没有占据国人的茶饮习惯。

谁想"墙内开花墙外香"，中国红茶却受到英国贵族的宠爱。19世纪英国浪

（吴智成　摄）

漫主义诗人拜伦，在他的长诗巨著《唐璜》第四章第五十二小节里写道：

> 现在暂不说他
> 因为我竟伤感起来
> 这都得怪中国的绿茶
> 那泪之仙女
> 它比女巫卡珊德拉还要灵验
> 只要我喝了它三杯纯汁
> 我的心就易于感怀
> 于是又得求助于这武夷红茶（WUYI BOHEA）
> 只可惜饮酒有害于人身
> 而喝茶和咖啡又会使人太认真……

拜伦于1788年1月出生于伦敦。拜伦10岁世袭爵位及产业,成为拜伦第六世勋爵,后在剑桥大学学了几年文学及历史,于1809年3月进入了贵族院。1809—1811年,他为了要"看看人类",还为了扫除"一个岛民怀着狭隘的偏见守在家门的有害后果",进行了一次走向东方的"叛逆"旅行。回来之后,他就一直生活在不断的感情漩涡中,直至妻子安娜·密尔班克由于不能理解的事业和观点,带着初生一个多月的女儿回到自己家中,让统治阶级对他进行疯狂的报复找到了借口。于是,1816年4月他永远离开了英国。

《唐璜》是拜伦"被赶出了国土,钱袋和心灵都破了产",居住在瑞士后创作的。他嘲笑卑劣,同时鼓舞崇高,带着强烈的誓与"神圣同盟"和欧洲反动势力战斗到底的英雄主义情感,在呻吟、在控诉、在呼喊、在思考、在号召。

正是在这一时期,拜伦称茶为"中国的泪水",并对这种"泪水"情有独钟,即便是在前往希腊参加武装斗争的时候,他仍然保持着饮用中国茶的习惯。

武夷红茶是怎么传入欧洲的呢?有史料记载:元朝以前,闽贡茶御茶园都设在建瓯北苑,宋元改朝换代,战乱使北苑御茶受到沉重打击,元成宗大德年间,御茶官焙被迫移至武夷山九曲溪的第四曲溪旁。明朝朱元璋称帝后,干脆下令罢造龙凤团饼贡茶,改贡散茶,一向以团茶龙凤饼著称的建州系闽茶,在制作工艺的改造中一时落伍,走入了有史以来最低谷。

还有个传说,说是明末某年采茶的季节,有一支军队路过并驻扎在桐木村,为躲避袭扰,当地村民当天采摘的茶青没有来得及制作,晚上官兵们就睡在了茶青上。官兵走后,原本做绿茶的茶叶已质变发红。为了挽回损失,村民们赶紧将茶青揉捻,以松明干柴进行炭焙烘干,结果无心之作,成就了特殊口感,受到大量茶客的欢迎与喜爱。

不管怎么说,16世纪末17世纪初(约1604),正山小种被远传海外,由荷兰商人带入欧洲,随即风靡英国皇室乃至整个欧洲,并掀起流传至今的"下午茶"风尚是史实。自此正山小种红茶在欧洲历史上成为中国红茶的象征,成为世界名茶。还有史料记载,正山小种红茶最辉煌的年代在清朝中期,其中嘉庆前期,中国出口的红茶中有85%冠以正山小种红茶的名义,直至鸦片战争后,正山小种红茶对贸易顺差的贡献作用依然显著。

在英国伦敦吉尔斯东大街9号的墙上有一块蓝色牌子，上面镌刻着这样的字句：植物学家福钧1880年逝世于此。这个福钧，就是那个被称为"茶叶大盗"的罗伯特·福钧。他曾于19世纪中叶潜入中国窃取了中国的茶叶机密。

原来，19世纪40年代，苏格兰布鲁斯兄弟在印度东北部开辟茶园，但中国仍是世界上第一大茶叶生产和供应国，布鲁斯兄弟的茶叶质量与中国茶叶相比，根本不在一个起跑线上，所以东印度公司一直谋划移种中国茶，并找到了对中国比较了解的福钧。英国驻印度总督达尔豪西侯爵下达命令，以每年550英镑的报酬，要求福钧从中国盛产茶叶的地区挑选出最好的茶树和种子运送到加尔各答，再从加尔各答运到喜马拉雅山，命令还要求他必须尽一切努力招聘一些有经验的种茶人和茶叶加工者。接到命令后，福钧从上海入境。他先到安徽、浙江采集到许多茶种发往加尔各答，1849年又到达武夷山，通过向和尚打听和乔装成知识界名流，了解到了对茶叶进行发酵处理，使绿茶变成红茶的过程。之后他招聘了6名种茶

（吴心正 摄）

制茶工人、2名制作茶叶罐工人，乘坐一艘满载茶种和茶树苗的船抵达加尔各答。从此，中国红茶逐渐在西欧失去市场。

或许是中西方人的饮食取舍不同吧，西方人讲究热量、卡路里，所以在茶饮上也就求简约、方便；而东方人讲究食材、口味，所以在茶饮上也就求花色、讲仪式。但有道是，失之桑榆，收之东隅，似乎武夷红茶本就是为满足海外贸易而生。虽然没有被东方奉为至宝，但源于中国茶的魅力，它"墙内开花墙外香"，在西方社会获得了尊崇和地位。特别17世纪后半期，为了追随皇室饮红茶之风，许多西方文学家和诗人留下许多关于茶饮的动人诗篇，它们出现在挪威易卜生的剧作里，出现在英国作家奥维格顿、文学家约翰逊的文章中，出现在英国作家、剧作家、翻译家彼得·莫妥的诗歌里。当然，最富文学浪漫色彩的赞评，莫过于拜伦在《唐璜》里的描述了。

如今，无论外贸还是内销，武夷红茶又回到了红火的年代，依旧以它独特的魅力，引领中国红茶的发展。

来吧，朋友，来几包武夷红茶，泡起！

武夷茶香溢金盏

◎马星辉

一

　　武夷茶和兔毫盏，闽北这两个引以自豪的物件一旦相配，便成了人间茶界的稀罕物，誉满大江南北。也由此，名人雅士吟哦出众多与此有关的脍炙人口的诗词，

（吴智成 摄）

其中尤以在武夷之地流传的名作为佳。

早在900多年前的一天，远在京城的皇帝宋徽宗早朝之后，略感疲惫的他呷了一口闽北进贡的茶，感到味道与平日有所不同，饮后舌头生津，口中清香悠然。这让他顿时精神清爽、不由得龙颜大悦。随即，宋徽宗又发觉手中的茶盏与往日也大不相同，竟然是一个体黑粗犷的家伙。他心生好奇，拿在手中仔细地端详起来：它看上去厚实稳重、色泽深沉，但在看似平俗的外表中，隐隐透出超凡脱俗的风雅，有一种空谷幽兰般的气质透出。一问左右黄门此物何来？竟也是闽北进贡之物——黑釉盏是也。这武夷茶与黑盏的绝配，竟产生出如此的奇效，泡出来的茶不仅余韵不绝，茶水也显得特别甘润顺滑。真个叫是：发纤秾于简古，寄至味于澹泊，让人大有一种好花半开、美酒微醉之感。宋徽宗觉得这武夷茶出色，遇林黑釉盏亦是有功，高兴之下诗兴顿发，当即沾墨挥毫赞道：

螺钿珠玑宝盒装，琉璃瓮里建芽香。
兔毫连盏烹云液，能解红颜入醉乡。

一旁的大臣蔡襄见皇上心情愉悦，立马迎合道："北苑灵茶天下第一，当是无可置疑。这黑釉盏与众不同，亦让人惊奇。皇上你看：它外表质朴无华，胎体厚实少巧，盏体钝土笨重，比起那精巧的白瓷来，虽然显得有些厚拙朴实、纯粹低调，但它却有着一种饱读诗书的内涵与气质，是一种耐人寻味的美韵。"

君臣二人对武夷茶与金建盏的一番评价，不久便不胫而走，传遍了京城内外，武夷茶与金建盏身价倍增，时人趋之若鹜。正是：生一炉缘分的火，煮一壶云水禅心，在茶香宝盏的结合中，成就了闽北两件物宝的独一无二，皇宫中的阳春白雪与民间的下里巴人相遇，衍化成了一桩千古佳话的美谈。

倒水坑茶园（郑友裕　摄）

二

让宋徽宗龙颜大悦心中生喜的首功，自然是崇安的武夷茶。盖因武夷山得天独厚的自然环境，绿水青山，茶香醉人。溪涧的绿离不开浓郁的茶绿，武夷山的茶树大都是依山而种，层层叠叠，葱翠中充满了清新的茶香，林中有茶，茶中有林，使得整个茶山构成了良好的生态环境，形成了武夷山茶富含锌元素与茶质优异的特点：泡出的茶水汤色清澈明亮，香气清纯，轻轻呷上一口，滋味鲜浓回甘，顿感清爽入肺，口留余香。说来当时全国各地产茶不下上百种，贡茶也有十几种。但唯武夷茶有一种和而不同、回旋有味的清韵，成为皇帝家的首选。故武夷茶被排名为贡品的前三名，亦是理所当然的事。

北苑是当年皇家最有名的茶园所在地，它位于闽北建瓯东峰镇，此处有道是：峰坡舒缓，脉带绵延，古木蓊郁，林茂竹修，遮空蔽日。盖因北苑的山形酷似一只展翅的凤凰，人们又称之为凤凰山。

北苑茶园最初为民间尊称为茶神张廷晖的财产，后献给了朝廷所有。盖因在闽太宗王延钧执政期间，将大片的民地茶园以各种理由收为官有。张廷晖担心自己终究也会成为闽王的一道菜，与其等着被动受害，不如主动割爱。于是张廷晖忍痛献出了茶园。当时这是一种无可奈何之举，但最终却成就了后来北苑茶四百余年的辉煌。现今看来，又不失为一个睿智之举，从而在中国茶史上留下浓墨重彩的一笔。北苑作为中国最著名的皇家御茶园，从五代闽国龙启元年（933）设御焙，到明朝洪武二十四年（1391）罢造，历经4个朝代，26位皇帝，进贡朝廷持续达458年，创造了名倾天下、空前绝后、无与伦比的御茶盛世。

其实作为朝廷贡品，武夷茶比北苑茶历史更早些。唐朝乾宁进士徐夤，曾在《尚书惠蜡面茶》一诗中咏道：

武夷春暖月初圆，采摘新芽献地仙。
飞鹊印成香蜡片，啼猿溪走木兰船。
金槽和碾沉香末，冰碗轻涵翠缕烟。
分赠恩深知最异，晚铛宜煮北山泉。

从这首诗中，可以看到武夷茶早在唐时达官贵人中已成为馈赠的珍贵礼品了。到了宋朝，武夷茶已名闻天下，成为皇家贡品。时至元朝大德年间，皇家在武夷山卧龙潭（九曲溪第四曲）附近设"御茶园"，每年要制龙团5000饼，贡茶360斤。

唐贞元年间，福建观察使常衮喜茶爱茶心切，向朝廷请求到福州兼任刺史，以教制研膏茶为己任。那时凤凰山的研膏茶，已颇有名气、品质上乘。凤凰山成为皇家御茶园后，有了朝廷的支持，制茶技艺不断提高，从"初制研膏"走向"继制蜡面"。及至两宋，北苑贡茶登峰造极，制作的龙团凤饼贵比黄金，曾"一饼价值高达四十缗"。欧阳修在《归田录》中载："其品精绝，谓小团，凡二十饼重一斤，其价值金二两，然金可有而茶不可得。"可见武夷茶的珍贵。

让宋徽宗龙颜大悦心中生喜的第二件宝物自然是黑釉盏，当时在建阳水吉、武夷山遇林亭设有瓷窑，特别是遇林窑烧制一种釉色绀黑、发亮的茶碗。蔡襄在《北苑十咏》诗中写的"兔毫紫瓯新，蟹眼青泉煮"，指的就是这种精雅别致有兔毫纤纹釉斑的茶碗。

它不仅成为宋代皇家御用茶盏，天子宋徽宗还为它著书立说。他在《大观茶论》言道："黑瓷的釉色首先要够黑，以泛青光的为上。泛青光的黑釉看起来透气、深邃，像夜晚的星空，有灵动之气。建盏的黑，是包容万事万物的神秘色彩，乍看平淡无味，却又暗藏各种美丽的釉色。"贵为九五之尊的宋徽宗，亲自为黑釉盏代言立赞，并将建盏立为宋代斗茶的第一茶盏，可见黑釉盏在宋朝的地位。

毫无疑问，黑釉盏的釉色所呈现出的变幻莫测、绮丽多彩的花纹，是"天工"与"人巧"的绝妙邂逅。可谓是"入窑一色，出窑万千"，每只黑釉盏都是独一无二的呈现。步履匆匆的人是发现不了黑釉盏的美，只有停下脚步，才能细细品味到朴实无华黑釉盏背后的星光闪耀。

三

从宋代至今，斗茶之风日盛。以茶、水、茶器这三事互争胜负，方为茶王。武夷茶好，茶器稀罕，泉水亦佳。用武夷泉水泡茶，汤清，味甘，香纯。明代陈观有诗赞曰：

> 绝巘参差翠色连，白云一迳入壶天。
> 客来不屑求丹井，唯爱新茶煮石泉。

著名道仙白玉蟾对武夷之水亦赞赏有加，赋诗言道：

> 千古蓬头跣足，一生服气飧霞。
> 笑指武夷山下，白云深处吾家。

白玉蟾 16 岁离家寻道，历经千辛万苦，饱尝世态炎凉，先是在黎母山寻师，后赴东南拜师学道。后见武夷山清水秀，便停下脚步，在此安身，著书立说，直到仙逝。

太极一代宗师张三丰，更对武夷之水情有独钟。清乾隆年间修纂的《武夷山志》记载："张三丰，俗称张邋遢，尝游武夷，饮通仙井水曰：不徒茶美，亦此水之力也。"

后来张三丰钟情武夷山水，行移山倒水之术，在邵武天成岩境内复制了一个与"武夷九曲水"极为相似的"邵武九节水"，人称小九曲。完成此事后，他入武当山反省，结庵于太和茅屋，一心弘扬道教正统。

王阳明说得好："心外无理，心外无物，天下一切都在你心中。"世间诸物，一切简单就好，就像兔毫盏武夷茶这些东西，都只是为你而来，你若认为对了，这个世界就对了。就如诗所曰：

年年春自东南来，建溪先暖冰微开。
溪边奇茗冠天下，武夷仙人从古栽。

此文赞罢兔毫盏武夷茶，兴趣盎然未尽，把一盏朋友新送的兔毫，泡上武夷的正岩茶，让岁月的炉火，烹煮云水生涯。在杯盏之中，正缓缓流淌出武夷山的一曲茶歌。

古石咏叹

◎叶羚姗

"江畔何人初见月，江月何年初照人……"是谁在江边上第一个见着这样美轮美奂的月亮？这轮江上明月辉光又是哪一年在这江畔最先照见了谁？诗人张若虚在月亮的清晖里轻轻一问，令世人神思寻觅了千年；凭此孤篇一曲，跻身盛唐诗仙诗圣诗魔诗鬼之列，惊艳了星光璀璨的诗意长河……

恰如千百年来吟诵武夷三三秀水、六六群峰的诗篇，不知是贤儒诗家的诗意盎然了武夷山川秀水，还是这丹崖清溪书画了仙家诗客的浪漫故事？

武夷山五曲上溪北，"平冈长阜，苍藤茂木，按衍迤靡，使人心目旷然以舒、窈然以深若不可极者"，这即武夷精舍所在。朱熹赋《武夷精舍杂咏》十二首，其十一《茶灶》曰：

仙翁遗石灶，宛在水中央。
饮罢方舟去，茶烟袅细香。

不知道是哪位仙翁啊，为武夷胜景茶香而来，丹崖壑壑，青山翠嶂，一叶孤舟，涉溪登石，石臼如灶，山水晴川，斜影残照晚对峰，架柴汲水，煮香茗，饮罢蜕仙飘然而去，只余这袅袅细香……

朱熹不愧是宋代理学大家，寥寥几句，有如诗经般的典雅，更胜魏晋时期竹林七贤修园造林、曲水流觞之古韵流风。在武夷五曲溪畔，隐屏叠翠，九曲溪水十八弯，氤氲如烟，武夷精舍隐落在深谷幽林里，约上七八知交好友，煮茶论理，斗茶吟诗，竹篙隐落林间的欸乃声里，接笋峰上神仙奕，更有渔樵来问津……

看看这九曲十八弯，溪水潺潺、鱼乐其中。丹峦叠嶂的远山，壁立万仞

（朱燕涛 供图）

仙掌岩横溪而卧。登石梯、踩云泥，可携友遨游霄汉。插花临水秀美的玉女峰，婷婷含羞而立。谈古绥今的武夷精舍，隐世避尘在水一方。就连这灶石亦是天然成于溪水中央，群贤毕至，煮茶论理，谈万古之心，寻中庸儒学明理，也难怪引得杨万里《寄题朱元晦武夷精舍十二咏》其十一《茶灶》诗云：

茶灶本笠泽，飞来摘茶国。
堕在武夷山，溪心化为石。

朱老师呀，茶灶不是哪个仙人遗落的，是我在这太湖煮茶的茶灶，被你的茶香吸引，飞到你武夷山，落在溪水中央了。在那迢迢千里、书信为使的年代，一样爱茶风雅的知音。默契的同好知交，这是穿越时空一起煮了一壶茶呀！

同是好友的袁枢，被他俩吟哦引得犯起了茶瘾。恨不得现在就一叶扁舟，溯溪而上，与你们溪中品佳茗，凌波轻筏，茶香入喉，回味是多么的悠长啊！闭目细细回味旧时品茗的感觉，七碗下肚，茶色如雪，齿颊留芳，清神涤气，身轻得

古茶园 古茶树　135

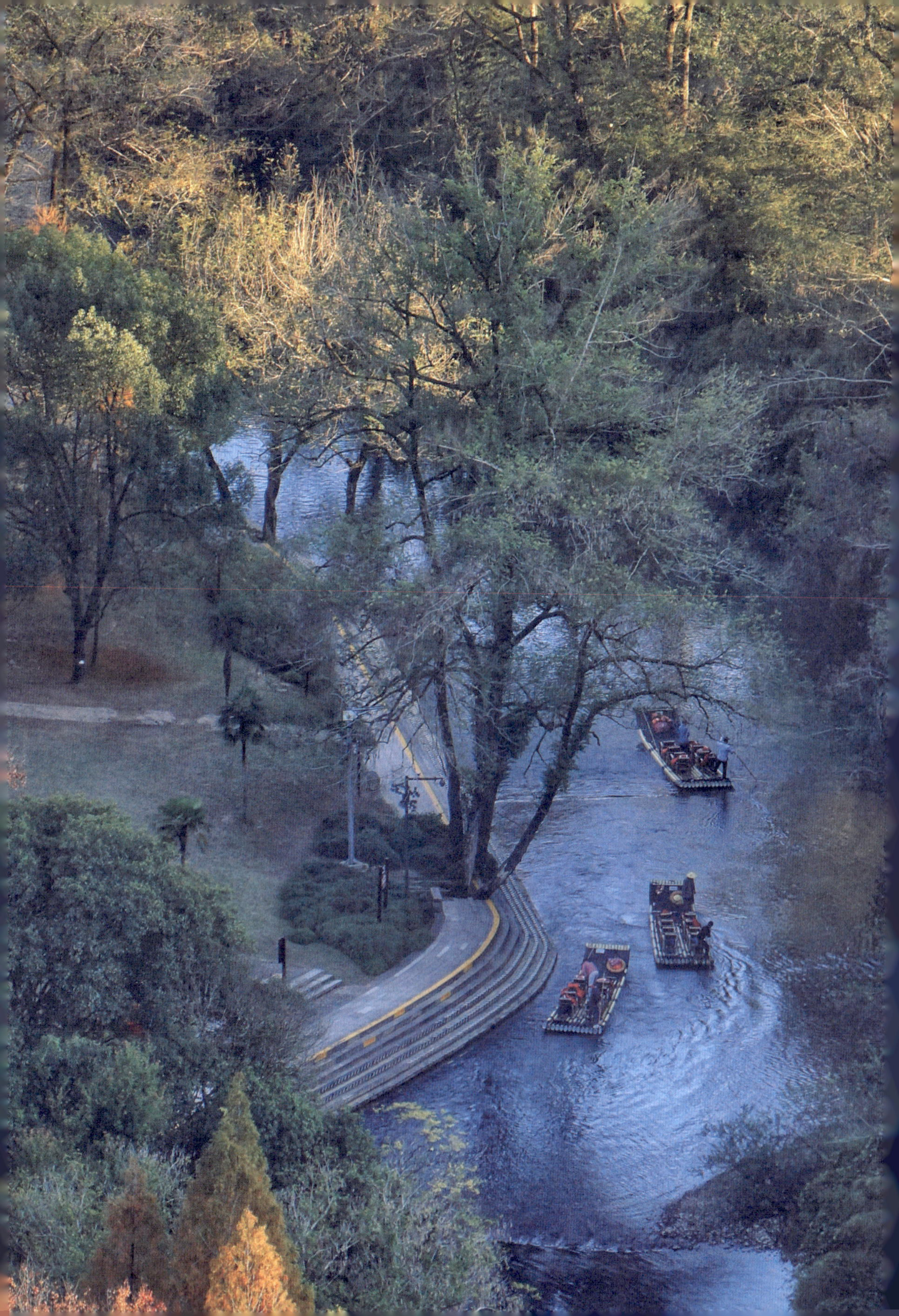

快羽化成仙了!你们可千万好茶留一瓯等着我来……《武夷精舍十咏》中《茶灶》诗云:

> 摘茗蜕仙岩,汲水潜虬穴。
> 旋然石上灶,轻泛瓯中雪。
> 清风已生腋,芳味犹在舌。
> 何时棹孤舟,来此分余啜。

三位好友的茶灶咏叹,成为九曲溪上煮茶、观景、斗诗的一段佳话!

逝者如斯夫,弯弯的九曲水还在生生不息向前奔流;岁月漫漫,武夷精舍亦已不是当年隐外高阁模样,平林渡口的修竹依然苍翠向天,四面青山,巍然成嶂,丹山碧水书写宋式风雅时光……

谁能写清是贤儒诗家灶石煮茶的袅袅细香浸染了故事,还是这三位雅客知音咏叹的故事升华了这方溪水中平凡黑黝的矶石?!

曾有求学者问茶于朱熹,江婺之茶与武夷茶之如何?朱文公先生回答说:"如今建茶,则如中庸之为德,江茶之味淡泊清雅,二者有如伯夷、叔齐两位高隐之士。"岩茶的浓郁甘醇、返朴归真与江西婺源云雾茶的清雅淡泊、和衷致远,恰如伯夷、叔齐皆是可同好默契知音,当同进共退,彼此扶持,共同成长为重!以茶喻理,以茶讲学,告诫学子们当精行俭德,先苦后甜、互助友爱、方能乐在其中!

如今,如果你自九曲乘筏而下,行至五曲上溪北水中,即可见一石高约三米,平宽可容七八人。朱熹手书"茶竈(灶)"红漆勒于石壁,静静地矗立于溪水中央,二字还常常被游人误读为"奈龟"或"奈宠",却是又为它的故事长卷平添些许天真趣味!

茶事题刻的历史符码

◎晨 光

武夷山是天下名山，也是武夷岩茶的发源地。武夷山九曲溪茶事题刻位于福建省武夷山古茶园以南，九曲溪沿岸由砂砾岩构成的崖壁上，九曲溪优美的自然风景吸引历代诸多文人雅士创作留念，成为万里茶道武夷岩茶的生产集散地相关茶事记录。茶事题刻内容为官府解决茶叶纠纷的刻石告示，体现武夷山茶叶贸易的兴盛。主要遗存包括詹文德题刻、建宁府衙门题刻、按察使司题刻、孙兴连题刻、杨琳题刻和清采办贡茶茶价禁碑六处。

詹文德题刻

詹文德题刻于元大德十年（1306），镌于四曲溪北题诗岩上。内容为：县尹孙奉上司命，建茶焙拜发殿、衙、厅、门、庑、亭、井一新。大德十年，再同新，教官詹从祥监造茶品。同游教官刘棠、道士徐守真、时场官社亨江文。此题刻是武夷山现存最早记载古茶园组成相关情况，包括建造者、监造贡茶官员和建筑群。据《武夷山方志》记载，元代御茶园建筑群由殿、衙、厅、门、庑、亭、井构成，具体有仁风门、拜发殿、请神堂、思敬亭、宴嘉亭、浮光亭、碧云桥和通仙井、喊山台等设施。可见，当时的武夷山御茶园规模宏大，建筑华丽。

建宁府衙门题刻

建宁府衙门题刻于明万历四十三年(1615),镌于七曲溪北金鸡社岩壁上,南向。为官府告示,是武夷山现存最早的一道有关保护茶农、僧道利益的官府布告。幅面200×570厘米,大字27×27厘米,小字8×6厘米,距地高度430厘米,字数近千字,是题刻告示中文字最多的一幅。从行文格式和处理程序看,这是专门针对武夷山道人告状的批复文告,类似现今的"信访件"批复。文告首先说明了颁发的理由,是因为僧人告发"包充总甲刘暨富"的恶行,由此可见道人及茶人开山劈石、种茶以资清供的艰辛和茶人所处的恶劣环境。既有"县派存新,官价票取,不敢推诿",又有总甲"指官行诈,违制藏旨,暴增茶税"。此前虽有官府保护,却又"但虑奸充觊后,日久衅生,故相率而控诉",不得已"匍匐阶下,恳求一示,刊布九曲"。文中提到道人不止一次告发恶棍欺行霸市的行为,可见属于屡禁不止。文告罗列大量茶人不堪重负之事实,最后裁定:"示仰武夷山庵九曲各处道人并附近庵人等知悉,今后茶租,悉照本府通祥院道批允事理,各宜遵守豁免。而后势宦豪强不得倚势欺上,擅起山租,及无赖道士混利开垦,妄生无端,变乱成事。

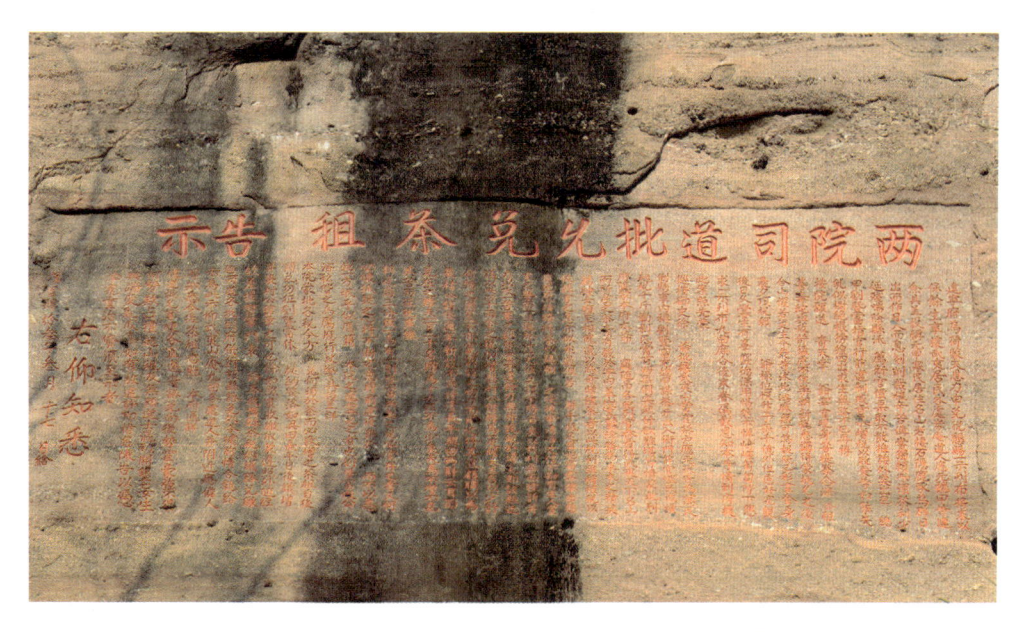

明万历四十三年建宁府衙题刻(吴心正 摄)

古茶园 古茶树

如有故违，即指名陈告，以凭拿究，重治不贷，须至示者。"此外，根据文告内容可知，明代时武夷茶"所产茶素有声于宇内，荐绅士频至，相馈遗以为奇赠"。由此文可见，当时武夷山茶盛行海内外，且声名显赫。

按察使司题刻与孔兴琏题刻

清康熙三十五年崇安县衙告示（吴心正 摄）

按察使司题刻于清康熙三十五年（1696），镌于四曲溪北金谷岩麓，西南向。此题刻为福建按察使司白某严禁蠹棍勒索茶农、茶僧的法令岩刻。幅面176×65厘米，每字7×6厘米，距地高度206厘米。石刻东北侧为小九曲，西北侧1000米为五曲桥。内容浅释：分宋延、建、邵三府的长官鉴于崇安县（今武夷山）屡次发生蠹役倚势勒买贱价茶叶之事，特发布法令，严禁此风蔓延。他训斥蠹棍，并以"勿贻脐噬"告诫之。山中僧道为感谢分守长官主持正义，特将告示镌于岩间。见到上司告示，崇安县衙也即行颁告，及时贯彻上司指示。此颁告，即孔兴琏题刻也同刻于四曲溪北金谷岩麓上，西南向。幅面90×150厘米，每字5×5毫米，距地高度 230 厘米。此题刻也是保护茶农、茶僧利益，严禁无赖之徒倚势借口向茶农低价勒买茶叶的公示。

杨琳题刻

清康熙三十五年福建按察使司告示（吴心正 摄）

杨琳题刻于清康熙五十三年（1714）四月，镌于四曲溪北金谷岩麓上，西南向。此题刻为福建省总兵官左都督饬禁勒索茶农、茶僧的公告岩刻。幅面135×112厘米，每字8×6厘米，距地高度250厘米。内容主要是：严禁衙门兵、吏等擅自前往各岩低价收买茶叶，倘敢故违，一经查出，定行察究。不但正示众蠹，也告诫官员，文字言简意赅。

清采办贡茶茶价禁碑

清采办贡茶茶价禁碑于清乾隆二十八年（1763）镌刻，现立于游人必经之处五曲下云窝叔圭精舍门坊内石沼青莲亭前。碑高180厘米，宽80厘米，厚14厘米，碑文楷书阴刻，现保存完好。此碑为建宁府告示，原立在星村渡口。碑文写到建宁府正堂据武夷山僧人一音、道人邓上土等人，状告崇安县前县令紫某等人短发茶价一案及处理情况。同时颁告地方官员"嗣后毋许私行短价派买"等禁示。该碑文还有两处珍贵文字，写到星村"松制"，其一云："星村茶行办理松制、小种二项，毋许丁胥、差役等人勒买。"这里的星村"松制"，可能是当时的桐木茶的茶名，也是其茶的特殊制法——用松烟烘烤。这是至今发现的最早桐木茶名及特殊制法的记载，对研究小种红茶史极有帮助。

清乾隆二十八年建宁府告示（吴心正 摄）

武夷山风景区摩岩石刻和碑刻有400余方，茶事题刻是武夷山摩崖石刻和碑刻的一大特色，成为万里茶道的特色文化遗存。这些题刻于1985年被福建省公布为第二批文物保护单位，1999年联合国教科文组织专设"茶文化"词条，列入世界文化遗产名录。斑驳异彩的茶事题刻是武夷山茶叶生产、贸易、税收、贡茶等情况的历史见证，它们犹如凝固在崖壁上的史书，令人在领略武夷风光、品饮武夷香茗的同时，神游时空，意会古人，感受茶事之乐，研读茶史之趣。

古道 古驿站

（吴智成　摄）

梦回崇安道

◎赵建平

古志云:"经分水关至饶州铅山,秦汉为乡道,宋元为孔道。"所谓"孔道"就是官马大道。秦时,"书同文、车同轨",统称五尺道。宋元实行驿铺制时,西出县城长平驿便是石雄佛岭的杨家驿、三渡的干溪铺、黄石街的举富铺、洋庄的杨庄铺、小浆的小浆铺、大安的大安驿、黄莲坑的望仙铺和分水关的分水驿。粗粗算来倒也符合"五里一亭、十里一铺、卅里一驿"的规制。明初,刘基策马古道,扬鞭极目,远山红枫点点,脚下海棠摇曳,脱口而出:"峻岭如弓驿路赊,清溪一带抱山斜;高秋八月崇安道,时见棠梨三两花。"后人亦将这条古驿道称为"崇安道"。

秦皇汉武、唐宗宋祖、明十七世、清十四朝,这崇安道一走居然就是两千多年……

唐末,中原逐鹿,士庶"衣冠南渡",遗老遗少们怀揣着故乡的一抔泥土,用最后一丝气力爬上分水关斗米岭时,眼前的静水流泉、良畴沃野拽住了他们的脚步,他们三三两两地在崇安道两旁停了下来。

经考证,居黄莲坑徐姓为徐夤后,大安邱姓为姜子牙后,小浆萧姓为萧何后,张山头杨姓为杨震后,茶亭黄姓为黄榦后,蔡姓为蔡发后,碛面王姓为王审知后,浆溪翁姓为翁承赞后,葛仙张姓为张霭后,磨西坑江姓为江贽后,罗后坑周姓为周敦颐后,三渡余姓为余延凤后,坑口吴姓为吴玠、吴璘后,全为中原望族。

落籍后的望族们原只是想在崇安道上暂且栖身。然而,面对永无休止的纷争与动荡,他们自知恢复中原无望,只能无奈将家乡父老的嘱托、诗书传家的祖训束之高阁。脱下了宽袍大袖,一身短打,忙碌于果腹之食、蔽体之衣,暂且栖身变成了常驻。一千多年过去了,今天的裔孙们还能记得先祖曾经有过的辉煌和"光州固始"那魂牵梦萦的桑梓地吗?

崇安道地处"楚越入闽第一关"的门户,早年《读史方舆纪要》就有"大安、杨庄,皆可驻水草,设兵营,便应援"的记载,自古就是枭雄鏖兵之地。

秦末,武夷山闽越族居民越关参加闽中郡部队,北上入关助刘邦灭秦,这是崇安道最早与战争有关的记载。尔后,兵家在崇安道上拉开了刀兵相向的大幕。元封元年,闽越王馀善叛汉,朱买臣统领汉廷大军直抵王殿村,将王城付之一炬。五代闽王置营寨,筑炮台,引兵据守。南唐保大三年,查文徽征闽,兵下建州,闽王朝覆灭。至元二十年(1283)抗元将领黄华率十万众攻陷崇安后围攻建宁府。至正二十五年(1365),朱元璋部自铅山破分水关攻占崇安。咸丰八年太平军从分水关侧攀越,突破清军防线,在萧家地与清军激战。以及后来的明宗朱常潮起兵,南王耿精忠反叛,吕贵和苏亮策应郑经反清……

最为惨烈的当数后来史学家所称的"福建之战"。顺治三年(1646)八月,征南大将军贝勒博洛率清军二十万,兵锋直指八闽,南明隆武帝率军三十万迎敌,在崇安道的百里战线上展开气势恢宏的"南明政权保卫战"。整个战役历时八天七夜,清军聚歼南明主力,六万将士战死沙场。一时间崇安道上尸骨成山,血可飘橹。经此一役,南明政权一蹶不振直至灭亡,隆武帝"反清复明"终成南柯一梦。

崇安道上的梦不断破灭,又不断地延续……

宋建炎元年冬,崇安道上黄砂铺路、净水泼街。刘子羽、刘子翚、刘子翼兄弟扶柩执丧,迎回父亲刘韐。刘韐是靖康之难中以"主忧臣辱,主辱臣死"而悬梁殉节的民族英雄。沿途乡人自行穿孝衣、搭灵棚,焚香点烛路祭,崇安道上演悲壮的一幕。

陆游和辛弃疾与崇安道也是最有缘分,他们一个是期盼"王师北定中原日"的诗人,一个是"男儿到死心如铁,看试手,补天裂"的志士。可他们无论如何

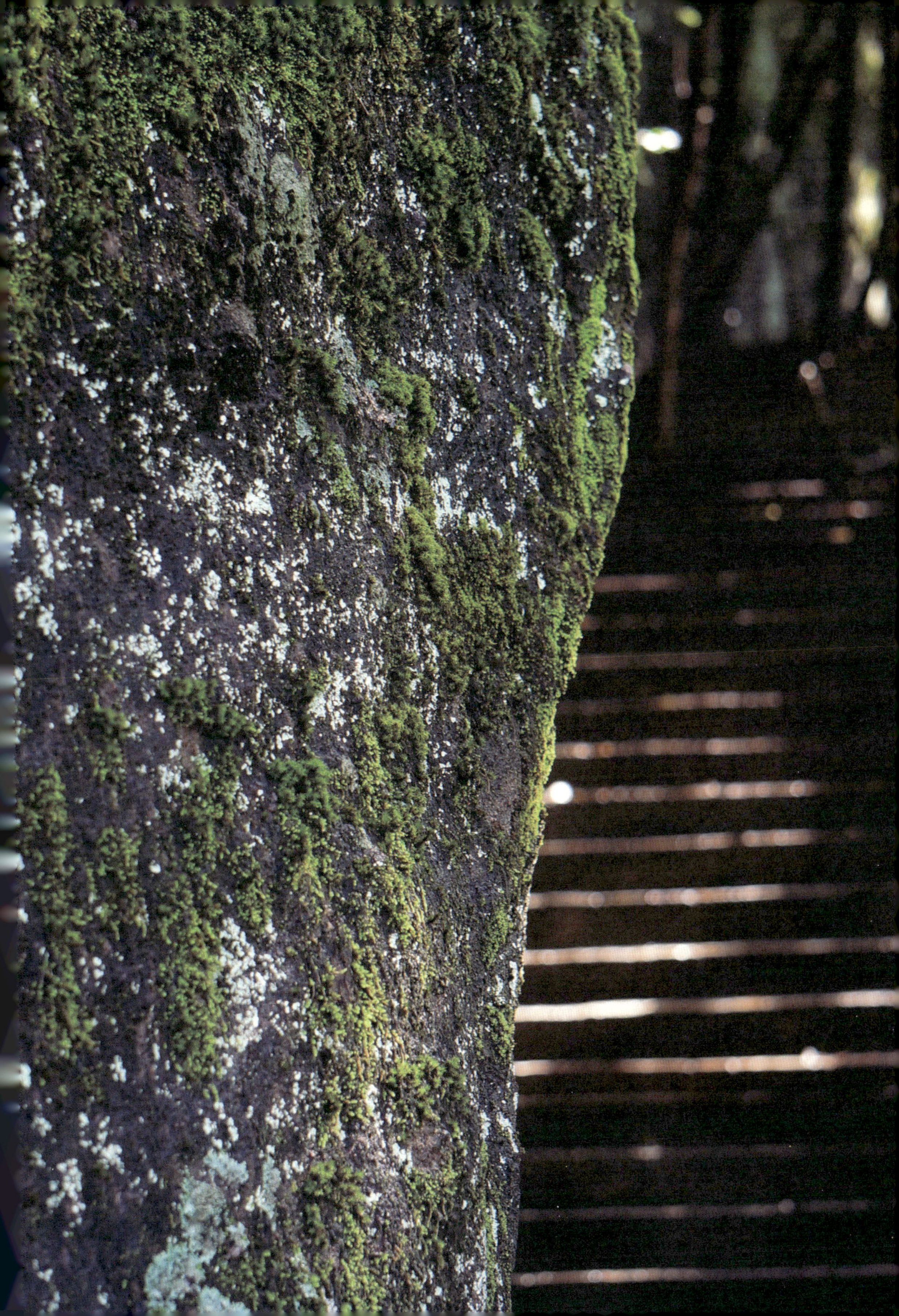

也想不到在武夷山冲佑观奉祠四任,二十余载往返于崇安道上。庆元五年(1571),陆游最后一次卸任冲佑观,归途夜宿大安驿。是夜,朔风呼啸,铁马冰河入梦来,他似乎听到中原父老"过河、过河"的呼唤。老人突然从床上坐起,茫然四顾。他面对山河破碎,不觉潸然泪下,留下了"驿外清江十里秋,雁声初到荻花洲。征车已驾晨窗白,残烛依然伴客愁"的苍凉诗句。

和陆游不同,辛弃疾在崇安道旁的瓢泉筑庐住了下来。当年"壮声英慨,天子一见三叹息"的英雄,如今廉颇老矣。英雄迟暮,只能无数次踽踽独行在崇安道上,几度梦回"金戈铁马,气吞万里如虎"的岁月。开禧二年(1206),67岁的辛弃疾自知行将就木,他执拗地在崇安道旁选好了墓地。次年,赍志而殁。弥留时仍"醉里挑灯看剑,梦回吹角连营",把那"驱逐鞑虏,克复中原"的一腔热血托付梦中。

朱熹或江浙拜师求学,或湖湘讲学论道,或鹅湖格物穷理,或临安入朝奏事,或乡间体察民情,一生无数次奔波于崇安道上。

庆元元年(1195)十一月十五日,朱熹在黄榦的搀扶下跟跟跄跄地行走在崇安道上。此前,奉旨"入朝侍讲,以资帝治",可惜,凝结了朱熹毕生心血的"正君心,清君侧""内修政事,外攘夷狄",被弃之如敝屣。甚至,以命相搏的"六条君过"和"九项沉疴",都没能打动麻木的宁宗皇帝。朱熹当着满朝文武断言"偏安一隅,不图中原,必重蹈徽钦二帝之覆辙"。集英殿上龙颜大怒,山河变色。终身坚守"弃躯惭国土,尝胆念君王"的朱熹,被君王一句"朱熹迂腐,永不叙用"逐出皇宫。走下集英殿的朱熹用了一句"此身永不为官"的话,权作立朝46天的注脚。

百里崇安道朱熹翁婿俩足足走了7天。

其实,崇安道更是一条芸芸众生的路,一代又一代的贩夫走卒,用脚板在这里年复一年、日复一日,重复着"赚吃"的梦。

崇安道"四省通衢",上连吴越,下达江海。据《崇安县志》记载,"太平时则行李往来,车来人往,络绎不绝;战乱时则戎马倥偬,旌戟排空,道所居塞"。靠着人拉肩扛,把北上的土纸、茶叶、闽笋、竹木、蔗糖挑到铅山河口,然后溯江而上入鄱阳湖。南下的丝绸、瓷器、布匹、药材、盐齑到崇安,在水东门、举

分水关前的清代孤魂总祭碑（朱燕涛 摄）

子门、青龙码头拼船过驳，入建溪，出闽江。由此，崇安道上也成就了一个新的词汇——"崇安担"。"崇安担"既是职业，也是人名。"崇安担"并非都是本地人，居多的还是江西、浙江、安徽籍的外乡人。他们多以籍贯聚合，凭借着一双肩膀，在崇安道上靠给过往商客搬运货物"赚吃"。

崇安道延绵百里，山高林密、沟壑纵横，横亘着一关二峰三岩四山八岭二十一渡。"崇安担"挑着百来十斤的担子，冬日饮寒水，黑夜渡断桥。加上山里天气无定，时而烈日当头，时而山雨横至，不知有多少外乡人或水土不服、累死病死，或遭劫匪、丢财丢命，成为客死他乡的路倒。而"崇安担"的全部家当就是一根扁担、一条麻绳，想魂归故里是不可能的。所幸每个"崇安担"的扁担上都刻有姓名、籍贯。临了，只要把它插在坟头，便于日后家人认领。

寻梦崇安道，梦回崇安道。不消说，"孤魂总祭"的坟茔里埋葬着的是魂，是梦。

1937年崇分公路动工，几十年后横南铁路、宁武高速、京台高铁又相继建设。在一片机器的轰鸣声中，崇安道的历史戛然而止。回首苍穹，在两千多年浩瀚长

（邱华文 摄）

空里，崇安道上演绎了太多太多兵家略地、商贾逐利、百姓苦衣食、志士唱大风那令人唏嘘的梦。值得庆幸的是，时代的车轮虽然碾碎了崇安道的肉体，却复活了它的生命。今天的人们用"高速""高铁"这样现代名词，当作漫天飞舞的纸钱，虔诚地宽慰孤魂、祭奠路倒，圆着散落在崇安道上的梦。

雄关漫道岭阳关

◎赵建平 逄博如

崇邑北路有首《岭阳谣》唱道:"岭阳关哟,像扁担,一头挑江浙,一头挑崇安。"说得有点夸张,不过,岭阳关确属闽浙赣要冲,是个鸡鸣三省的地方。

岭阳关亦称绵阳关,古属大北乡石臼里。关隘在重崖峭壁上用条石叠砌,关势若斧似戟直刺苍穹,又如瓜瓞蔓衍连绵不绝,故邑人也称绵阳关。驿道宽约五尺,可容三人并行,古时出县城北门,经赤鲸、旸角、吴屯、大浑、岭阳、丘岭至江西广丰,蜿蜒曲折于山峦沟壑之间两百余里。自古就因是入闽的咽喉,又是抵敌御侮的天然屏障,而成为兵家必争之地。

据《崇安县交通志》记载:宋元祐四年(1089),在县境内筑分水、温林、岭阳、焦岭、寮竹、谷口、观音、童子、桐木九关。元贞二年(1296)在隘口设置关防,清时设六关四十三塘,岭阳关辖柯岭、吴屯、黎口、大浑、山坳诸塘。有巡警、弓手、乡勇80人备守,以"北拒中原,南扼蛮夷",故又有"八闽雄关"之称。

据《读史方舆纪要》记载:"分

(吴心正 摄)

水、温林、岭阳，商旅出入，恒为孔道。太平时车来人往，络绎不绝。战乱时则戎马倥偬，旌戟排空，道所居塞。"驿道经数百年的碾压，留下了深深的一行脚窝、两道车辙。遥想当年，岭阳道上参差十万人家，贩夫走卒穿梭吆喝于工场作坊，王公贵胄驻足徜徉于酒肆青楼，粉伎歌女浅斟低唱于客栈茶馆，文人骚客吟风弄月于小桥流水。在两千多年的漫长岁月里，驼铃串串、马蹄得得，活脱脱的一幅清明上河图中熙熙攘攘的热闹景象。

当然，既是关隘，相伴的必是血腥与杀戮，城垣之前，城垛之上，不知游荡着多少春闺梦里人的魂灵。

汉元封元年，无诸王馀善拥兵自重，筑王城，刻"武帝"玺自立，与朝廷分庭抗礼。汉武帝下诏，以"闽越悍，数反复"为由，派楼船将军杨仆率汉廷十万大军血战岭阳关，直捣闽越王城。可惜，馀善孤苦经营百年的王城汉阙，弹指间，化着熊熊烈焰而灰飞烟灭。

清康熙十八年（1679）九月，郑成功之子郑经占踞台湾，耿精忠余党吕贵、苏亮起兵，以岭阳关为根据地，率3000余人"据险结巢"，自称都督，策应郑经"反清复明"。崇安游击李英，知县金章率领全县"兵民攻之"。史载，"破木城四十座，杀千余人，生擒三十余人，斩其将谢瓒郎等五员，搜获印信器械无算，余党悉遁"。

清咸丰八年（1858）二月，太平天国将领杨仪清、杨辅清率部十余万渡九江，沿赣东，挥戈直指闽中腹地，清军王兴棠3000余人凭险扼守，双方在岭阳关形成拉锯。激战数月，六月，守将莫自逸殉难，清军全军覆没，仅六月十四日一役崇籍兵勇就战死600多人。尔后，太平军在百里岭阳道上烧杀抢掠，无恶不作，血洗了沿途所有的村落，尸首淤塞了山涧和隘口。

但是，最为精彩的还是20世纪上半叶，一代共产党人在这里导演了一幕幕惊心动魄、气势恢弘的历史活剧。

早在30年代初，闽北苏维埃就在这里设立了"岭阳关对外贸易处"，开展闽浙边、闽赣边对外贸易。苏区生产的茶叶、竹木、土特产品翻越岭阳关，用以物易物的方法，从白区换回盐蔗、布匹、药品、电池、煤油、红硝、钢材、铁板等战略物资。这条苏区经济生命线在长达20多年的时间里，默默地支撑着苏维埃政权的运转，支撑着那场旷日持久的革命战争。

著名的闽北红军兵工厂就建在岭阳关脚下，因此，党史也称"岭阳兵工厂"。全盛时期有工人300多人，设有枪械、弹药、修理等科室，月可造步枪1000支，弹药15万发，地雷1万个。为有别于国民政府在武汉生产的"汉阳造"，红军战士自豪地将其命名为"岭阳造"。这些武器弹药不仅供给闽北红军，还源源不断地送到赣东北苏区和中央苏区。

岭阳关（吴心正 摄）

1934年10月，中央主力红军长征西去，闽北根据地处于敌人重兵包围之中。在与党中央失去联系的情况下，在这生死关头，黄道、吴先喜、曾镜冰、王助、黄立贵、卢文卿、饶守坤在岭阳关黄龙岩召开紧急会议。作出了"深入敌人军事力量薄弱地区，保存有生力量，建立游击根据地。采取内线与外线作战相结合的战略方针，避免打硬仗和消耗战"的决定，成为闽北三年游击战争的指南，史称"黄龙岩会议"。

1941年初，福建省委、闽赣省委、闽浙赣特委也迁到这里，在岭阳关和封禁山之间，与数十万"围剿"军巧妙周旋，艰难地领导全省和闽赣边人民的革命斗争。在这里探索和实践的"武装退却、反特务斗争、合法斗争与武装斗争结合"，后来，被党中央和毛泽东、朱德、刘少奇等领导人誉为"三大创造"，而载入中国革命史册。

1949年5月初，二野秦基伟部江西上饶分兵，在曾镜冰所领导的闽浙赣游击纵队引导下，三路大军分别由分水关、温林关、岭阳关挥戈入闽，兵锋所指，所向披靡。5月9日，为此奋斗了20多年，付出了12000名红军战士，19000户绝户，45000人死难代价的武夷山全境获得解放。因此，武夷山也成为福建最早迎来解放的城市。

古道 古驿站　153

鉴于岭阳关历史积淀深厚,承载古代建筑、兵制、运输、商业,以及万里茶道等重要意涵,2018年10月,国务院公布为第八批全国重点文物保护单位,并列入申报世界文化遗产名单,成为全人类共同的财富。

岭阳关哟,岭阳关……

今天,岭阳关冥冥之中仍在守望着身后的家园,近年来,又流传这里有求必应,可求财得财,求子得子,一时间到此求官、求职、求学、求婚者蜂拥而至。更有甚者,有些商场涉险和失意的也来到这里,谓之"过关",如在关隘券门走上三个来回,还可"连过三关"。

(赵建平 摄)

《岭阳谣》还唱道:"岭阳关哟,像扁担,一头挑百姓,一头挑平安。"说来,岭阳关也真像扁担一样,它"挑"着两个名叫丘岭和半山的村庄,它们虽分属闽赣两省,却仅仅相隔五里,言相通,习相同,相互嫁娶。相互交叉的有插花山、插花田,甚至还有飞地。两地村民在一起劳作,世世代代恪守不斗殴、不争讼、谦和礼让、亲善亲和的古训。

岭阳关哟,岭阳关。其实,岭阳关这根扁担"挑"的就是一个"和"字。

古隘残照里,驿道斜阳中,回眸千古雄关,这个曾被顾祖禹载入军事巨著《读史方舆纪要》的险隘关塞,穿越了千年时空,如今褪去了昔日的喧嚣与繁华,宛若一位过了浅薄轻狂、浮躁功利年纪的皓首老人,到了晚年心如止水,剩却的只是宽勉与超然、淡定与空灵。在漫长的岁月轮回中,带着殷殷祈盼,一遍遍地叮咛那南来北往的乡民、行色匆匆的旅人、歇脚打尖的商贾、争城略地的英雄,心存慈爱,远离纷争,珍惜这份来之不易的、失而复得的安宁、静谧、恬适与祥和……

风雨黄亭驿

◎封之南

一

宣和元年（1119）六月，北宋王城开封发生水灾。开封的城西，大水渺漫像江流湖泊，漕运不通。京畿地区已是几次三番受灾，百姓快扛不住了，但是，没有人站出来直言当下的天变与人事。时任国史编修的李纲挺身而出，将《论水灾事乞对奏状》呈至御前，被降官，昧死再上《论水便宜六事奏状》，并且在奏章中直指水患实是因朝廷不顾民生造成的，大量的人力物力浪费在"营缮工役，花石纲运"上，要防范水灾，就要从人事入手，体恤民生，要"治其源、折其势、固河防，恤民隐，省烦费，广储蓄"，至于花石纲运，则全部免除。

众人皆醉而我独醒的时候，醒者就是醉者了。结果很简单，御笔下诏：所论不当。当然"所论不当"，"醉"的徽宗说"醒"的李纲当然是"不当"。

李纲被一撤，就撤到南剑州沙县了。官位很低——监南剑州沙县

（吴心正 摄）

古道 古驿站　155

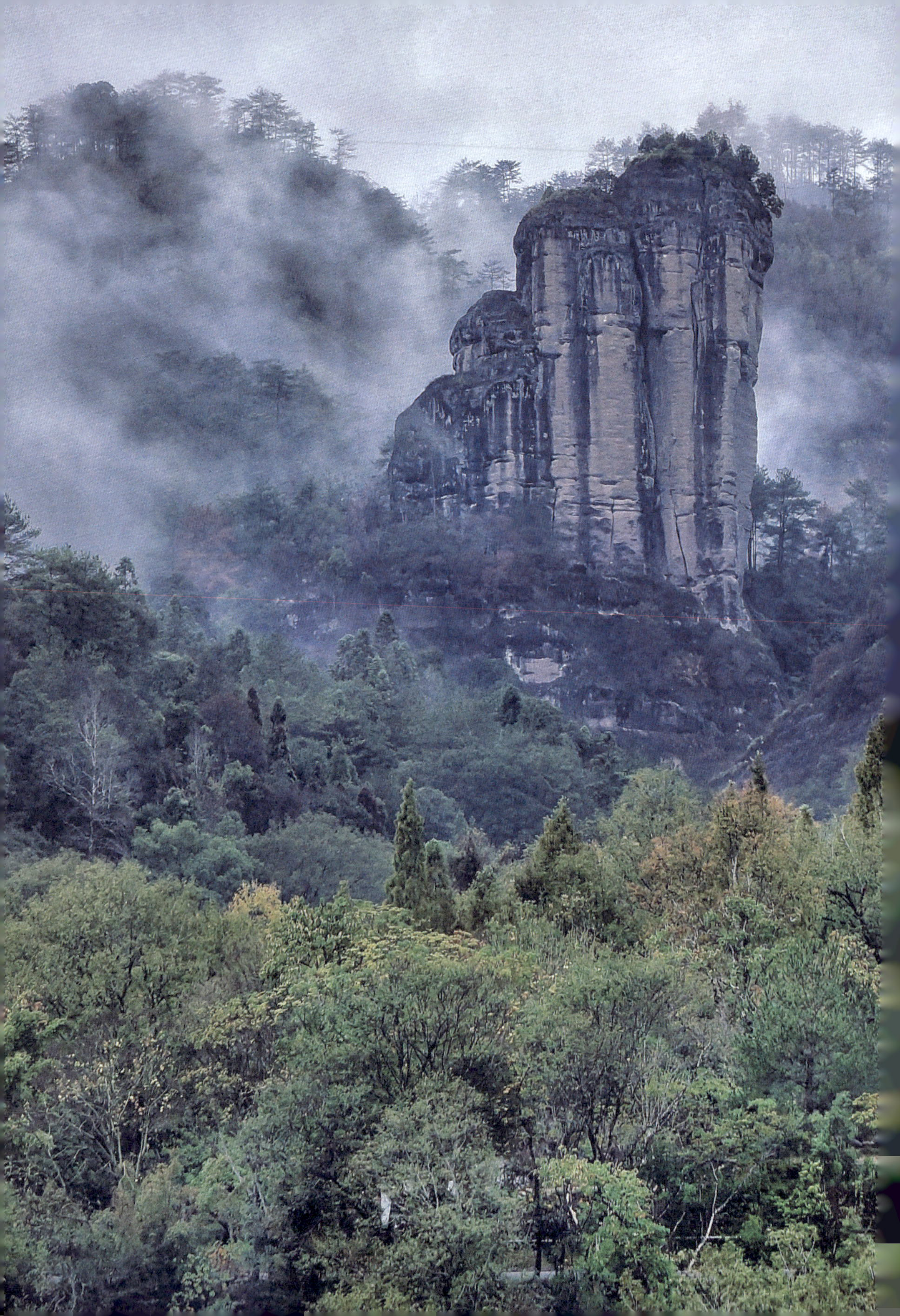

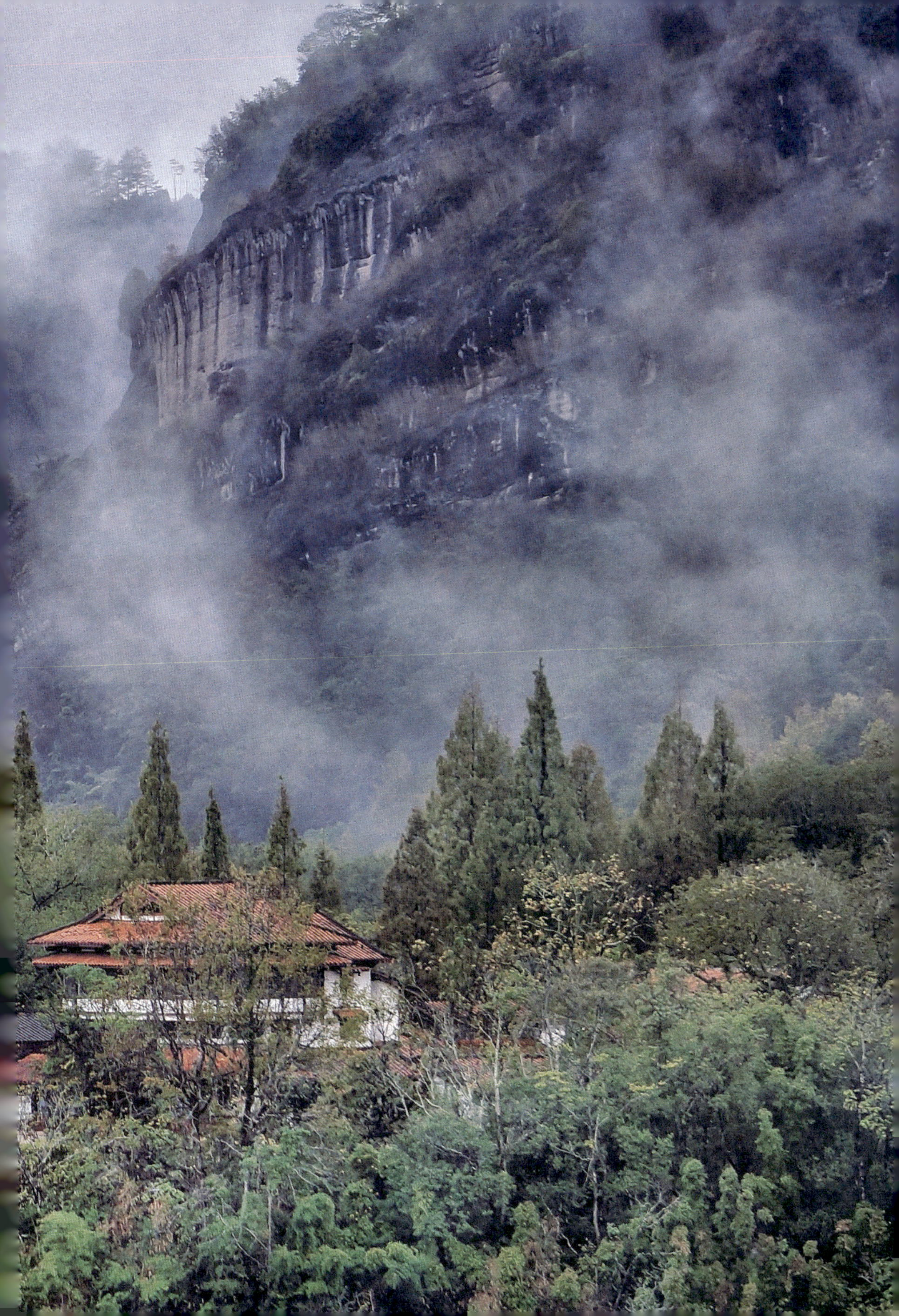

管库，一个监税的小官。那年十二月李纲到任。李纲是越武夷山的分水关过武夷，历建阳，抵南剑，前往沙县的。宣和二年（1120）六月，李纲官复承事郎。不久，离开沙县回京。他顺流至南剑又溯建溪而上，过建阳抵黄亭驿。泊舟，休息。

北望，武夷山云雾缭绕。记得去年十一月，李纲从分水岭到大安那天，正是雪后初霁，到了崇安，雪花再次飘舞着落下，迎接李纲的是一个银装素裹纯净无瑕的武夷山水。一年后返京，又逢冬天。这南来与北往，这外放与入京，都恰恰让这个冬日里的武夷山见证了。不，是上天有意地设了一劫，让李纲在霜风凄雨中寻梦丹山碧水。李纲提笔，在黄亭驿的壁上题下一首诗《题黄亭驿》：

云山一带碧崔嵬，迎吾南迁又北回。
岁籥才周两经历，此行端为武夷来。

伫立于黄亭驿远眺的李纲，在人生起伏辗转流徙的时候，武夷山只是路过，他的身影也就一个匆匆过客而已，然而，李纲却以为，武夷是终点，是目的，是栖居地——"此行端为武夷来"，来来去去，为的都是武夷山。

二

淳熙五年（1178），陆游54岁了，春正月，孝宗召他入觐。此前，范成大镇蜀，邀请陆游到他的幕下任参议官。54岁的那年秋天，陆游接到诏书，由蜀抵行在，孝宗召对后，任命他提举福建路常平茶事，任所在建宁府（今建瓯）。冬，陆游取道诸暨、衢州、江山、仙霞岭、浦城，抵建宁。淳熙六年（1179）秋，陆游由提举福建常平茶盐公事改任朝请郎提举江南西路常平茶盐公事，陆游奉诏离开建宁。晚秋，天气渐寒，离别在即，"多情叶上萧萧雨，更把新凉送客行"（《别建安》其三），"小雨初收云未归，吾行迨及晚秋时"（《初发建安》）。诗里都是雨，看来，那个秋霖特厚重，在淋漓的湿气中，陆游溯流而上，舟行至黄亭，又是一夜的雨。此时的陆游，望着远方雾霭中的丹霞群峰，想到昨夜一枕新梦，断了旧时的忧伤，那暗夜中的西风秋雨，也仿佛吹洗了陆游身上的俗气，武夷山的仙气已然飘来。

陆游赋诗一首，诗题就是《黄亭夜雨》。在《剑南诗稿》的这首诗下，还有一句话"去武夷四十里"，全诗如下：

> 未到名山梦已新，千峰拔地玉嶙峋。
> 黄亭一夜风吹雨，似为游人洗俗尘。

陆游一生曾三次宦闽，第一次是在绍兴二十七年（1157），那年十一月赴福州宁德县任主簿。时间不长，不久也就顺来时的原路北归浙江了。第三次是绍熙元年（1190）至庆元四年（1198），提举建宁府武夷山冲祐观，但那时的陆游待在家乡山阴，并未涉足武夷。

（邱华文 摄）

这次提举福建路常平茶事的入闽，是陆游第一次游武夷也是最后一次游武夷。

在《游武夷山》诗中，陆游说，他小时候读封禅书，就知道武夷君，只是直到晚年才游览武夷。那日，天公作美，"三十六奇峰，秋晴无纤云"，雨后云天，湛蓝天，丹霞山，碧蓝水，还有深秋的红叶……

这是看山，陆游当然还要玩水。

陆游逆九曲而上，泛舟到了六曲。前些日子的秋雨不止，溪水暴涨，人们说：滩急难上。于是，陆游的九曲之行只是一个半程游了。事后，陆游的诗这么写："急流勇退平生意，正要船从半道回。"游半程已经够了，人生要懂急流勇退的道理，不可太得意！

武夷之后，陆游过分水关，宿铅山紫溪驿，下一站，他要去鹅湖。

（邱华文 摄）

三

乾道四年（1168）的一天，正春归未归夏至未至，黄亭驿的溪边，时年39岁的朱熹迎风伫立，举目南望。船来了，满载着谷米来了。朱熹缓缓绽出灿烂的微笑，心中沉甸甸的石头落地了。

乾道三年，崇安县遇到特大山洪，灾情严重，赋闲在五夫的朱熹目睹了百姓极其艰难的处境：原野与溪流充斥着流沙砾石，纵横的道路已了无踪迹，"沙石半川原，阡陌无遗踪"，这是朱熹《杉木长涧四首》的诗句，四首诗或古风或五言或七言，以白描之笔写出了百姓的惨状。其三是：

县官发廪存鳏孤，民气未觉回昭苏。
老农向我更挥涕，陂坏渠绝田苗枯。

朱熹四处奔走，了解灾情，赈灾救济，但民气未复，田间的禾苗又正枯死。好歹熬过冬天，等到乾道四年的春夏之交，青黄不接时，百姓又无以为食了。知县诸葛廷瑞委托朱熹和当地耆老左朝奉郎刘如愚一起劝富家大户发放家中的余粮，平价出售。民心才定，盗起浦城，离境不出20里，民情震恐，余粮也已经告竭。真是一波未平一波又起。朱熹与刘如愚犯难了。朱熹奏闻知县诸葛廷瑞，再上书建宁府，请求拨粮。当时的知府是敷文阁待制徐嚞，徐嚞收到朱熹的书信后立刻派人用船载粟六百斛溯流而上，直抵黄亭。朱熹和刘如愚带领乡人行走40里到黄亭进行交割。

朱熹指挥分拨官粮，又指挥民众挑回五夫，民心安定，没有因为饥荒而死的百姓，百姓无不喜悦，欢呼声动旁邑。浦城的盗贼不久也束手就擒。

秋天的时候，知府徐嚞奉祠离职，接任建宁知府的是王淮。初冬，粮食入仓，五夫百姓准备用车载了粮食归还建宁府。王淮说，年岁难料，粮食就留在五夫以备不时之需吧！

后来，五夫建起了社仓，仓中的粮食用于赈灾救济，朱熹特撰《崇安县五夫社仓记》以记此事。

四

黄亭驿在何处？黄亭驿就是现在的兴田。

这种说法固然没大错，但对于一位好古者，还是可以适当挖掘其中的一些细节的。

万历年间编修的《建阳县志》记载：建溪之水自东北来者……五十里，导于武夷之九曲，出与崇关（即分水关）之水合，又三十里至黄亭，而屏山潭溪之水会焉。

九曲溪的水和分水关的水相汇后，潺潺流过三十里，便到了黄亭，与源于屏山的潭溪水相汇。如此，黄亭就在如今崇阳溪与潭溪两水交汇处。李纲、陆游、朱熹都是宋人，彼时的交通以水路为便，两水交汇处设立驿站是交通使然。

黄亭本是一座亭子，后设驿于此。"以'黄'名，取土克水之意"，是希望舟行溪中，顺风顺水吧！

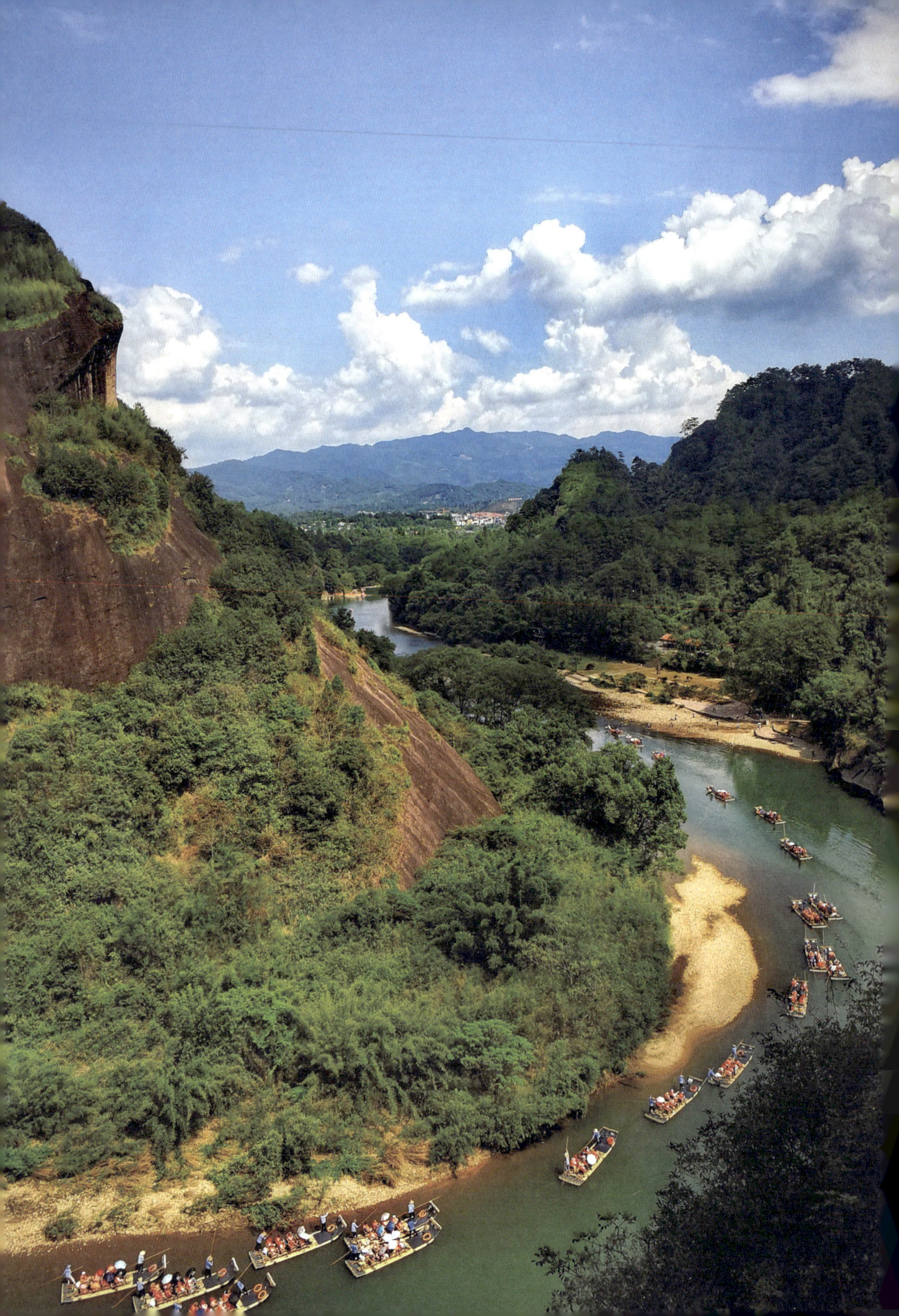

到了元朝，时代变换了。元朝的统治者是马上得天下的，他们是马背上的民族，他们对骑马的喜爱程度肯定超过乘船。此时，黄亭驿改为了兴田驿，水运功能下降。元至正二年（1342）秋八月，刘基辞却江西行省掾史之后，入闽，此时，黄亭驿已是兴田驿了；刘基经行驿站时，也不是乘船，而是骑马，《早发建宁至兴田驿》写道：

    鸡鸣戒晨装，上马见初日。
    露泫叶尚俯，雾重山未出。
    客途得霁景，缓步非纵佚……

朝代变化，时代变化，运输的功能也开始转型，元代陆路功能加强，驿站还豢养了驿马，这时候的兴田驿再设在水边就不方便了。

《八闽通志·崇安县》记载：兴田驿在县南丰阳里黄亭街。初在兴田，以地不便牧养，遂迁今所。《福建通志》则记载：兴田水驿：在丰阳里黄亭街，今裁。

兴田驿最初在兴田，交通方式是以驿马走陆路为主，但兴田"不便牧养"，土地不广阔，地形不平坦，驿马不便放养，于是，就迁往他处——黄亭街。黄亭驿有一段时间改称"兴田水驿"，但官方建立的发达陆路交通系统最终取代了水路交通，原来的"水驿"终于完成了使命，只剩下一个苍凉的"裁"字。至此，黄亭的官方水路交通彻底终结。

五

黄亭驿的管理也比较有意思。

兴田水驿变成兴田驿后，陆路里程是这样的，往崇安方向40里达裴村公馆（今公馆村），又30里达长平驿（今武夷山市区），而往建阳方向则50里达建溪驿（今建阳水南）。兴田驿已不设船夫，只有驿丞、驿夫了。雍正九年（1731），

古道 古驿站　163

兴田驿裁归崇安县兼管。"裁归"意味着原先崇安管理，后来建阳管理，再后来崇安和建阳兼管。管理真是有点乱啊。到了乾隆二十年（1755），朝廷立下规矩，驿站的钱粮由州县经管，驿站只负责办差和喂马，不设驿丞，于是，兴田驿连驿丞都没设了。同时又规定，在州县较近的驿站，由州县兼管，距本州县较远，但离其他县较近的驿站，调整隶属关系，划归就近县管理。建阳离兴田驿50里，武夷山离兴田驿70里，所以，更麻烦的管理问题随之而至，兴田驿站的驿夫由建阳派，兴田驿的钱粮由崇安出。

陈盛韶的《问俗录》有记载这事。陈盛韶是道光三年（1823）的进士，曾任建阳知县，陈盛韶说：来往的公差，一定要呼唤地保、联首一起参与防御贼盗，但建阳要到崇安地界去使唤官员，真是鞭长莫及，呼应不灵。驿夫半途逃走，或者驿夫染病，要请当地的地保另外雇请，因为不在自己的县境，雇请费用常被无端勒索；兴田驿的经费由崇安支出，建阳派差役却没有经费，驿夫在其他的行政区域办事，时常担心物什丢失……

陈盛韶的时代是晚清，巨大的变革即将到来，从一个驿站也可以看出变革的最初征兆吧！

如今，黄亭驿那些诗句的流风还在，士大夫知不可为而为之的气节依然逼人；五夫里籍溪坊（今五夫乡兴贤街）的凤凰巷内的社仓还在，社仓之中，大宋王朝那批救济的粮食依然以一种正能量的方式遗存，至今还在打动人心。

古码头 古廊桥

余庆桥(吴心正 摄)

古码头棹歌声声

◎ 魏 维

我的家在武夷山星村,九曲溪的名字如同符咒,只要一念起,就能牵动我的神经。我总是爱到码头去,走进溪水里去。风从水面上吹来,脚底的鹅卵石附上青苔。凝望着水面,想象一条白龙的跃起,带着期待又恐惧的心情。我总是羡慕在码头边上长大的孩子,那样一片氤氲着水气的地方带着神秘。

那条街叫渡头街。我的许多同学就住在里面。他们有他们的困扰。一到夏天,武夷山里常常暴雨如注,溪水猛涨,来势汹汹,淹没路下面他们的平房。他们赤着脚从家里跑出来,和我打招呼。不过,烦恼只属于大人,我们很快又一起跑去码头看大水。

浑沌的水中飘着一些浮木、家具,偶尔还游来一些小蛇,它们趁着洪水从蛇园中游出,得以回归山野。长久地凝视水面容易让人头昏。昏昏沉沉中,我们长大了。1998年的洪水线还在,只是那些小伙伴已经不在。他们迁到了新区,住进了新房,码头沿岸被规划为花街和步道。蛇园也已经搬迁,进入三姑度假区,更名蛇博园,在最热闹繁华之地迎接游客们的匆匆一瞥。只是,记忆不再,我也再未去看过。

也有许多天朗气清的时候。炎热的午后,阳光为溪流撒上碎金,无休止的蝉鸣。十几岁的男孩最喜欢站在桥墩上,纵身跃入于溪流,一直从下午游到夜晚。我是旱鸭子,却也喜欢浸泡在冰凉的溪水中。看水、看桥、看云,再将目光落在溪流中央的父亲身上。他早已忘记要教我游泳的事,一个人在水中优游自在地漂

(邱华文 摄)

流。想到水深处去时，我便扶着停靠在岸边的竹筏（竹排）的一侧，慢慢往前走，小心试探可前进的步数。水流轻柔地推着竹筏和我，一张竹筏，摇曳着推动几十上百张竹筏，我仿佛听到了一片竹林的声音。

那一阵阵的竹林风声，伴随着爷爷的脚步，声声入耳。爷爷在梅溪上游的山里有一大片竹林。他今年已经90岁了，砍不动竹子了。他还是要到竹林里去走，走上盘山的土路，头顶是一片从竹林中泻下的日光。

这些被砍下，削去枝条叶片的竹子粗壮、光滑，竹身直而轻、长。它们会顺着山路往下。在山里公路不通时，竹子们也走水路，它们本身就是最好的交通工具。几根竹子一扎，便是最简易的竹筏，山里人撑着它载着稻米、冬瓜、青豆进城。

竹筏，闽北地区现存的最古老的水上载运工具之一，武夷山古闽族先民遗存物"架壑船棺"的形制是它，船棺中的随葬品"篾席"又为以竹为器提供考古证明，它的起源甚至早于"船棺"，约在商周之前。

据记载，约在4000年前，武夷先民就开始广泛使用竹筏。武夷山溪，纵横交错，河床的落差大，滩多流急，不利于木船行驶。以竹为舟，既轻便易作，又更

适合山溪载运。起初，山民们仅用数根青竹捆绑在一起，以作运具，但青竹较重，吃水较深，载货常被水湿。智慧的山民们将青竹去青皮减重，浮力大增，一步步地加大成为单排。又因山溪滩潭落差大，筏的前头部直插入水中时，往往造成险情，渐渐地，山民们把筏的头部弯成上翘，以避下滩筏头入水之险。如此千年百年，竹筏依旧，漂流在风里浪里。

乘着竹筏的，还有武夷茶。沿着九曲溪，茶货乘着竹筏，一路漂流。

武夷之民，居山业茶。茶之外鬻，始于明，盛于清。其实早在宋朝，星村茶业就已兴盛。到了明清时期，星村所产贡茶竟达全国的四分之一。进入清代，星村茶行林立，茶肆遍处，商贾云集。史料记载，星村茶市起于清初，盛于清中、清末。康熙九年《崇安县志》卷一载："将村（星村之古称）之细茶，皆民所以为生也。"又有文字记载，康熙年间，每日进出古镇星村运转茶叶的竹筏数百条。

星村古码头上，人声鼎沸。码头是茶货的集散地，商贾云集。清代星村的茶货运输，一从陆路：从星村过分水关，经江西的车盘镇至蒙古边境，辗转到恰克图城的国际茶叶商路，史称茶叶之路，即如今的万里茶道；二靠水运：沿着九曲溪，

古码头 古廊桥 169

(邱华文 摄)

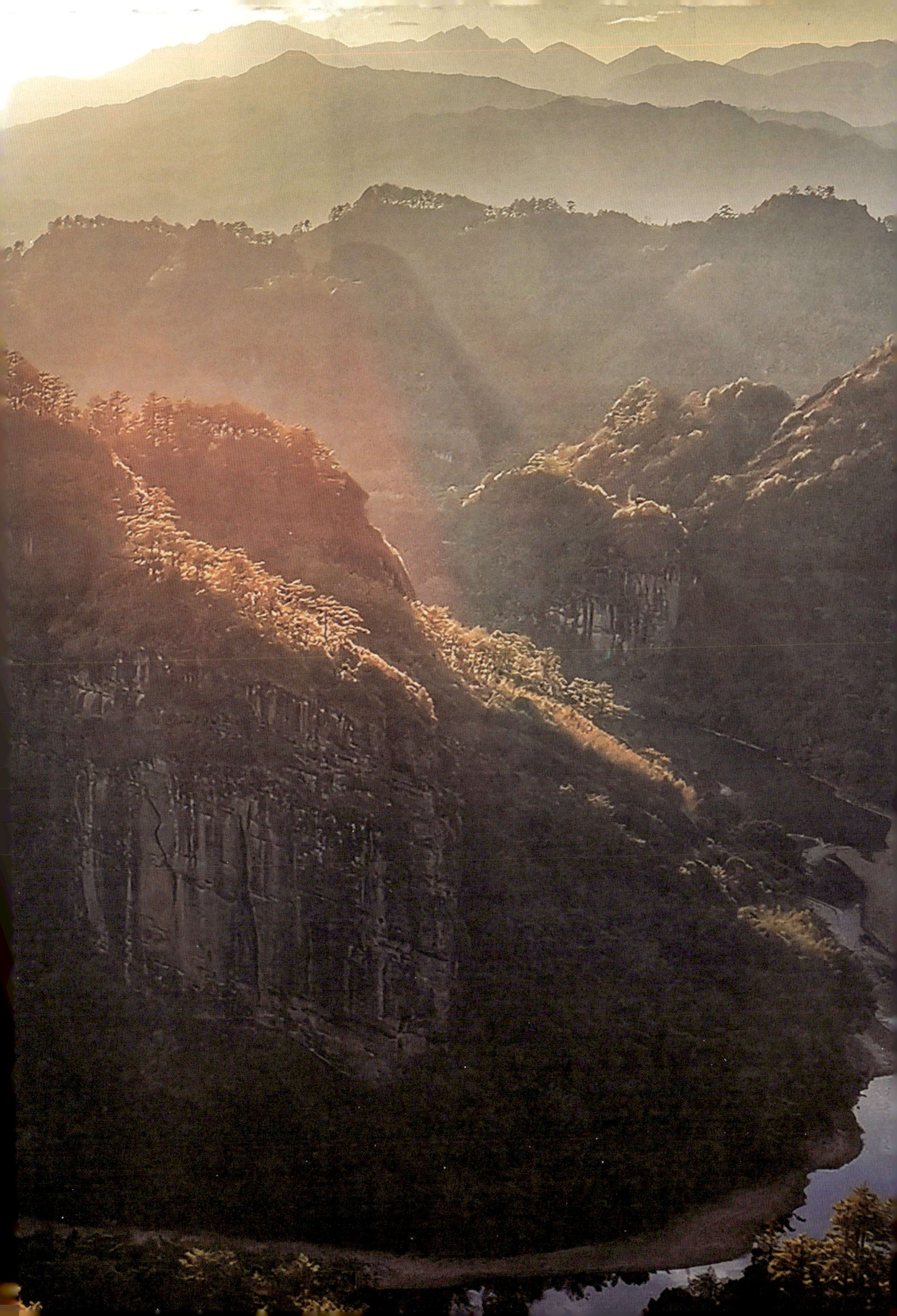

大宗的茶货运抵赤石，过崇阳溪，往崇安县城（今武夷山市区）一路北上，进入闽江，抵福州，再通向世界各地。无怪乎嘉庆十三年《崇安县志》如此记载："武夷以茶名天下，自宋始，其利尤未薄也。今则利源半归茶市，茶市之盛，星渚（星村）为最。"

明清时，星村在离九曲码头不远处的大布岭和黄花岭有五座会馆（江西会馆、广东会馆、汀州会馆、兴化会馆、抚州会馆），还有连接码头的古马道，用做盐粮和茶的官派库仓的盐仓巷，白云岩脚下的专业焙茶坊曾家厂……如今它们隐退在老地图里，凝结成一处处地名。唯有天上宫（原汀州会馆）以海上女神"妈祖"的神奇佑力为在九曲码头上行船的汀州人诉说着曾经的传奇。许多历史的细节都淹没，如溪流入海，一去不返，而码头上的棹歌声却以另一种方式被铭记。

那是朱熹的《武夷棹歌》，为听那歌声，我们必须回溯到历史的更深处。

自汉武帝遣使祭祀山神"武夷君"后，武夷山驰名海内，至唐天宝七年（748），朝廷遣登仕郎颜行知来山封其为"名山大川"，同时下令禁止全山樵采。得朝廷严格保护，至两宋，武夷山民臻鼎盛，诸多文人墨客、侠客隐者、得道高僧皆兴然往之。码头上单调的号子、民间的歌谣以诗歌的形式得以审美化、文学化。朱熹蛰居武夷近50年，他怎能不熟悉这一方山水？他的格物致知自然也从这棹歌声中来。

> 武夷山上有仙灵，山下寒流曲曲清。
> 欲识个中奇绝处，棹歌闲听两三声。

一曲溪边上钓船，看幔亭峰影，遥想虹桥；二曲玉女婷婷，不扰道人之思；三曲架壑船棺，沧海桑田；四曲岩花垂落，金鸡鸣潭；五曲山高云深，藏万古心；六曲苍屏碧湾，春意闲闲；七曲隐屏回看，峰雨飞泉；八曲风烟欲开，岩下水潆回；九曲桑麻平川，桃源洞天。

竹筏声声慢，棹歌一声声。一声听艄公吆喝，开排咯，是丹山碧水近在眼前的欢欣；二声听内心的坚守，是山雨欲来，无人知晓，却依旧故我的本心；三声听世界，是桑麻蔽野，良田美地，乐民之乐的仁心。

后世关于《武夷棹歌》究竟是山水诗还是哲理诗争论不休，这样的讨论更多是从主题、风格、义理的不同角度展开争锋。朱子一辈子沉潜理学之思，自然脱不开义理，但谁能说不是这一方山水，触发了他的思考，而他在沉思之下，没有轻松地畅享自然风光之乐呢？

作为爱好山水诗歌的普通的读者，我们只需要在这九曲竹筏上漂流一回，读一读这首诗，便能对朱子当时的心情体会一二。而我们，也可同朱子一样，在这山水之间悟出属于自己的道理来。

当我们可以悟出这许多道理时，早已不知不觉长大。

许多年前，我离开了星村，走向了更广阔的天地。许多年后，我又总想着回来。我们的父辈已经老去，竹筏的制作有了新工艺，青竹也不再。走到码头边上，还是要脱了鞋袜，走进溪流里，坐在新排的竹椅上，沉浸、沉静。码头上熙熙攘攘的情景早已不再，朱子吟诵的身影也已远去，但只要山水还在，文字还在，他们便一直都在。

如今，那些从渡头街里迁出的小伙伴们渐渐成长为竹筏工人、茶人、景区的管理者。他们比我更熟悉这一片山水，这一方码头。而星村的古码头上也正因为他们，焕发着勃勃生机。当然，如今的我们，也会在未来成为星村古码头的一部分，到时，那诉说故事的棹歌声，还会在……

武夷"都江堰"

◎朱燕涛

被誉作武夷山"都江堰"的北宋"清献河"水利系统工程古迹，曾为八闽翘楚，在闽北历史上亦是最早的"水美城市"工程。其中的枢纽建筑之一"临安坝"，至今让武夷山市区从此山光水色，浑然天成，千年来赢得了"山水古城"与"金崇安"的美誉。"山光水色"的"山"即崇安古城西郊屏列的丹霞岩群峰，旧称"西山"，今名"小武夷"公园；"水"即逶迤城东2000余米的古代人工湖，县志称"青龙潭"，百姓又称"大溪塘""临安湖"。临安湖的潋滟"水色"顾名思义仰赖创建于北宋的"临安坝"古堰所造就。古堰是条长带状滚水坝，崇溪河水从石堰上涣漫而下，在宽阔而拱曲的坝面上湍流成雪白的水花并发出天籁的喧响。如果说，

临安坝（朱燕涛 摄）

临安湖是一架翡翠色钢琴,那么白龙过江般横亘于碧潭东南的临安坝,便是这架巨琴上雪亮的琴键,至今不舍昼夜地弹奏着武夷山千年沧桑悲欢跌宕的史诗乐章。

多年前的一天,笔者在兴田镇城村村采风,于村中赵氏宗祠的一位村民手上看到一套清刻版《古粤赵氏宗谱》,不经意中翻阅到一篇《宋贤传略·赵抃》文章,其中提到这一水利工程。

赵抃是武夷山古代政绩卓著的一任县令,是百姓至今耳熟能详并被神话了的人物"清献老爷"。他在北宋崇安(今武夷山市)建县(994)后的第46年(1040)上任知县,极重视并善于兴修水利。史册记载,他先后履职过闽、赣、川等地及朝廷,累官至参知政事(副宰相级)。为官以执法严明、政绩卓越与生活清廉著称,为戏剧人物包公的主要原型,人称"铁面御使"。成语"铁面无私""一琴一鹤"即出自他廉明事迹的典故。据明代县令、文学家邱云霄《传略》记载:

> 崇于淳化始升县,维时荒度未徧(遍),安养未周,虽附郭平旷之土,民有目为旱区而弃之者,盖以土高水下,滋灌不逮也。公至,相地度宜,鉴阜而渠,引治西之流,贯中城而南十里,俾坟壤为沃区者万余亩。当公凿渠之初,撤徙民居,民有怨之者,公谕以诗云:"撤屋变成河,恩多怨亦多。百年千载后,恩在怨消磨。"盖民可与乐成,难与虑始,公权之,益已熟矣。迄今,民戴公泽,久而勿替,乃名其河为"清献河",志不忘也……

暮色中的临安坝(朱燕涛 摄)

（朱燕涛 供图）

　　在旧崇安县水路交通第一站和商旅要津，有"淮溪首济"之称的武夷山市兴田镇城村村，赵氏是该村三大姓之一，其宗祠建筑保护至今相对完好。赵抃作为本县历史上政声最高的"父母官"，该村赵氏百姓深引以为自豪，倍加崇敬，因此不仅收入赵氏宗谱，且在宗祠中曾供奉有他的神位。南宋县令还在县城文庙旁为他建了首座专祠，并特请当年的朱熹为该祠撰写了一篇脍炙人口的创祠"记文"。此记文随朱子的声名流传朝野，推动了全国府县在文庙设立乡贤祠宇制度的形成。之后，在崇安县城内，有记载以赵抃谥号命名的文物，除了《传略》中提到的"清献河、清献梅、清献亭、清献碑、清献祠"外，还有清献坝、清献桥。这些纪念物虽然当前仅残存下"清献坝"和"清献河"，但今天的武夷山市清献街、清献村、清献社区、清献小学等命名，持续地表达着对这位先贤的崇高敬意与"志不忘也"。

　　"清献河"是一套水利工程网络，是武夷山有史籍详载的最著名的古代系统性水利工程。其规模既包括从县城西北石雄开始的陈湾陂、灌溉西门畈和横穿城

(朱燕涛 摄)

区的河渠及灌溉南门畈的田圳等水网,还包括在城东河湾顺势截流的临安坝(新阳陂)及其所形成的青龙潭、青龙码头及向南绵延十里的"新阳圳"与灌溉如今机场区域的4000多亩新阳畈中的沟渠。这一系统工程,使崇安超过万亩的粮田实现了旱涝保收,数万的城乡人口生活用水得以保证。后任的南宋崇安知县王齐兴在一次视察新阳渠中,感慨赵抃的功德赋诗道:"唯有新阳陂上叟,终年饱饭已忘饥"(清康熙《建宁府志》)。如今城内的古渠其实只是清献河的一小部分,属于"北清献河";临安坝至新阳的长圳,同样也称"清献河",属于"南清献河"。文献中发现,在赵抃赴任崇安前,县城西北的石雄事实上已有"陈湾陂",但是年久失修淤塞荒废了。赵抃到任后,广招贤才,励精图治,重新疏浚并扩展了陈湾陂及其渠道,使其在灌溉西门畈后穿城而过灌溉南门畈。在修通北清献河后,赵抃一鼓作气,又在城东新筑临安坝。临安坝及其长渠,工程之浩大、精密与艰辛,并不亚于陈湾陂至南门畈的工程,创造了古代闽北地区水利工程体量最大、输水最

古码头 古廊桥

长、获益最广等多项纪录。

　　临安坝的结构极为科学，形态十分美观，是数千年农耕文明中先人合理利用自然、因势利导开发水利的经验与智慧的结晶，是"天人合一"文化的活化石。此坝的安全设计与施工都相当科学。例如在坝体的走向设计上，它不是横截河流、当冲筑坝，

（朱燕涛 供图）

而是在河流拐弯处斜切河流，顺势筑堰，极大地规避了洪水的正面冲击。与此同时，坝体还设计成宽阔低矮的卧坝，并且迎水面为斜坡状、朝天面为前俯后仰的拱曲状，十分符合现代流体力学原理，让水流特别是洪流及其所裹携的沙石可以很顺畅地滑堰而过，却不对背水面的坝基构成下淘威胁。这一设计同时还实现了另一种悲天悯人的"保安功能"，即让不慎落水的人或牲畜在漂流到坝沿时不会被撞伤；当漂至坝下时也不会被严重跌落摔伤或被涡流卷困而淹毙，极为人性化。

　　临安坝的设计还衍生了系列诗情画意的美学意境：一是由粗大石块干砌的拱曲坝面，激溅出了雪白的水沫，十分养眼与悦耳；二是银练般的长坝如白龙过江，包括其南段的弧形坝体，让"白龙"更增添了一抹生动，形成了游龙摆尾的传统审美意象。更重要的是，临安坝高程的定位及十里长渠的设计和开凿的科学性与高难度，体现了宋代在测绘技术上的精准与施工技艺上的精湛。临安坝所蓄之水通过横穿半岛状的师姑洲而向南凿筑直达新阳的十里长渠，据说其落差竟不足三米，其测绘之精准令人叹为观止。崇安《邱氏宗谱》记载，赵抃当年到任伊始，求贤若渴，遍寻人才，在岚谷黎口村寻访到一位通晓风水堪舆地理的贤达丘纯，人称"丘神仙"，就如何解决崇安多旱田多火灾问题三顾茅庐。丘纯为其所感动，领着赵抃登上西山狻猊岩（今小武夷公园白花岩）顶，提出引西溪贯城并溉田的"以

178　武夷古韵流风

水克火"之计。赵抃如醍醐灌顶,深以为然,即诚聘丘纯为总董,全权负责这一伟大工程。丘纯不负重托,最终完成了这一壮举。

赵抃之后的宋、元、明、清、民国及至共和国成立后的多任官府,均有对这一系统水利工程进行过不同程度的修葺与完善,使其总体格局与形制直至20世纪80年代前未作大的改变。其中主要的陂坝、主渠至今仍然存续或可寻踪迹。

清献河不愧为大勇气大智慧大手笔设计的综合性工程。它的建设之"益",不仅仅体现在灌溉农田"万余亩",而且还体现在珠串了许多重要的"民生功能"。如它"流贯中城",给崇安古城增添了如"丽江古城"般的水乡风景。而今残存于北门片区的一段清献河,还依稀可见这一古风悠悠的情景。在北宋至20世纪末的年代里,城区的清献河更具有现实意义的是,它有机地化解了古城抗旱排涝的大难题,解决了居民饮水浣洗大困境,克服了城市消防、疏散问题。清献河水还驱动了城区的多座水碓、磨坊,解决了人畜粮食饲料的加工。

清献河在发挥"民生功能"的同时,还兼具独特的"环保功能",是"循环经济""生态效益最大化"的典范。崇安旧城较小,水流约一二个时辰便穿城而过。传说清献河建成后,作为县令的赵抃对清献河制订了许多规约,其中的"分时用水公约"便十分"环卫":清晨挑水,上午洗菜,中午洗碗,下午洗衣,傍晚洗澡,夜晚刷马桶(这一乡规民约后来成为习俗,直至"文革"后才被废除,清献河污染此后也日甚一日)。因此,当清献河流出城廓时,"生活污水"便成了"肥水"。"肥水不外流",灌溉完南门畈稻田后,余水汇入"南清献河"一路灌溉到新阳畈。南门畈、新阳畈稻田由此肥得膏黑油亮,不仅旱涝保收且年年丰产。崇安百姓因此称所灌南门畈田为"羊肉碗"。

风雨廊桥

◎涛 声

廊桥是闽浙毗邻地区的一大文化景观。清初旅行家周亮工在他的《闽小记》中写道："闽中桥梁，最为巨丽。桥上建屋，翼翼楚楚，无处不堪图画。"其中旧崇安（今武夷山）的廊桥堪称翘楚。在武夷山的青山绿水间，如今仍散落着数十座廊桥，这些廊桥姿态各异，神韵不同，每座都经历了百年以上的风雨沧桑。它们不仅是我国桥梁历史的活化石，也是武夷文化的瑰宝，并为武夷山于1999年成功入选"世界自然与文化遗产名录"立下了汗马功劳。

廊桥指的是横架在城乡河流、溪涧上并带有廊屋的桥梁，武夷山人又称花桥、亭桥、厝桥、蜈蚣桥、庵（庙）桥。武夷山区峰密谷多，水系发达，交通每为溪壑所阻，因此要求大量架设桥梁。在采石相对困难的古代，桥梁主要为木质。由于武夷山区长年潮湿多雨，木材受潮易腐，客观要求对木质桥梁进行遮蔽，在桥上建廊盖瓦便成必然。之后才派生出为过往行人提供躲风避雨、休闲憩息、买卖交易、宗教活动的场所功能。廊桥的功能除了涉河、休息、交流、举行各种文娱活动、祭祀活动外，还有审美功能，美化环境，实践天人合一的艺术情趣。同时，有风水功能，认为它能挡风抱水，得吉呈祥，这就是绝大部分廊桥都建在村镇下游的原因。因此，桥梁专家唐寰澄教授在他所著《中国科学技术史·桥梁卷》中称："廊桥可以说是世界桥梁史上绝无仅有的一个品类，在世界桥梁史上唯中国有之。"

宋南迁后，武夷山区的工匠吸收了北方的造桥技术与艺术，并受儒释道文化的进一步渗透，形成了具有自身特色的武夷廊桥文化。廊桥文化也是一个地方文化品位、经济实力的体现。武夷山作为闽邦邹鲁，深受包括朱子理学在内的儒释道文化的熏陶。乐善好施，捐桥铺路，成为普遍认同的价值行为，其中乡绅邑贾仕宦每有发达，便将建桥筑路作为他们慈善公益的首选。武夷山在清朝，由于地处福建商旅要津且多经营茶叶收入颇丰，经济最为繁荣，有"金崇安"之称。因此这一时期武夷山的廊桥也最蔚为壮观：一是数量多，大小廊桥不下百座，从西溪五渡桥至赤石一线便有大中型廊桥十余座，如光绪年间的南门外，就有垂裕、余庆两座廊桥如双龙相逐于师姑洲上；二是体量大，其中位于县治南门的永宁廊桥（水毁后重建并更名为屏南桥）长逾150多米，乾隆年间刻印的《崇安县治之图》中便绘有该桥的造型，其桥头堡遗址至今仍保留于东西两岸，为改建公路桥而于20世纪60年代才拆毁的北门花桥，也有60多米长；三是构造美，设计者从其选址的与环境协调性，到用料的选择，到造型的匀称、内外的装饰等形象，都有宏观、微观及艺术上的考量，例如武夷山南门外的余庆桥，在闽东北廊桥中虽不算最长，但最优美最耐看；四是底蕴深，努力赋予廊桥以尽量丰富的传统文化蕴涵，从捐建的缘由、风水的选择、习俗的兼顾、桥神的迎驻，到名称的推敲、楹联的撰书等，无不耐人寻味。据旧县志记载，这些廊桥多由大户捐修，部分由"劝首"倡议民众集资兴修而成。20世纪，武夷山由于战争的损害及后来"文革"等因素，廊桥遭遇了严重而持续的毁灭，如今仅存30余座，有的已岌岌可危，亟待有重点地抢救。

余庆桥位于南门街，是古代崇安闽赣古道的枢纽，也是五夫及万里茶路起点下梅等地百姓、商旅往来城区的必由之路。余庆桥建于清光绪

（吴心正 摄）

余庆桥内景（朱燕涛 摄）

十三年（1887），由崇安县缙绅朱敬熙（1852—1917）为母献寿捐建。

余庆桥为伸臂斜撑木石虹梁拱形古厝桥，西北—东南走向，两台，两墩，三孔。全长79米，宽6.7米，拱高8.6米，边孔净跨24米，中孔净跨24.4米，桥上建有廊屋，桥面中间走道由条石铺就，两边则铺以卵石。总用柱106根，双坡顶桥头东侧有石阶18级，桥头西侧有石阶24级，两端为砖砌楼式门墙，卷顶门洞，门墙上嵌有石匾，其上阴刻有"余庆桥，光绪十五年仲秋，鹅湖孟国瑞题"字样，为全国重点文物保护单位。

这座风雨廊桥虽是晚清建筑，却是典型的北宋中原盛行虹桥结构形式。北宋张择端的《清明上河图》中的虹桥就是这种建筑形式。文物专家罗哲文教授多次考察余庆桥，认为："虽然我国南方保留有许多搭盖长廊的风雨桥，但这座桥的独特和重要之处是它的叠梁拱，这是北宋发明的一种建筑形式，而这种方式技术要求严、造价高；因此这座三拱桥极具价值，有'古化石'的意义。"

在建筑美学上，余庆桥也堪称廊桥经典。余庆桥由长廊、中亭、门楼、虹拱、缓坡桥台、船形桥墩完美组合而成，很好地体现了和谐对称的传统审美意识。余庆桥主体为西北—东南走向，而其东台坡道却忽折向正东，呈苍龙摆尾之形。余庆桥不仅自身美轮美奂，与周边环境也相得益彰。其东侧有两棵苍劲葱茏古樟的烘托，西端有一条青荇油油的古人工河缓缓穿流的映衬。当秋冬之季，夕阳徐降，光芒透射过桥上的木栅栏杆与暮归行人，便构成南门八景中最唯美绚烂的"余庆夕辉"丽景；春夏之交，空蒙烟雨迷漫于洲渚之上时，远远望去，余庆桥组群又似"海市蜃楼"仙境。余庆桥注重艺术细节，其中不乏精雕细刻之作，如四座台墩上的巨大鸟首，雉喙凤眼，昂首雄立于台墩的迎水面上，船形的墩体自然地成为该鸟的身躯。据说这是一种叫鹥的水鸟（该鸟又名鸢鹰），朱熹有"鸢飞月窟地，鱼跃水中天"联句。将每座台墩设计雕琢成该鸟的形象，寄托了"鸢飞月窟地"的高远情怀，也含有该桥骑在水鸟背上能"水涨桥高"不惧洪魔的虔诚祈愿。

2011年5月，余庆桥遭遇灭顶之灾，毁于一场大火。现在重建后，余庆桥经历烈火的涅槃，旧貌换新颜，重新矗立在清献河上。

扣冰桥是宗教气息浓郁的一座廊桥。它坐落于吴屯乡街路村瑞岩垅的扣冰溪上，距瑞岩寺约300米。这座古旧的廊桥，石块虹拱，圆木架构，黑瓦盖顶，十

扣冰桥（吴心正 摄）

分简朴。整座廊桥的外观没有特别的装饰，与周遭的田园山野相协调，成为一幅清新山水画的风景。

扣冰桥由于横跨扣冰溪而得名。扣冰溪为瑞岩寺前的一条溪流，因唐末俗名翁澡光的高僧"扣冰古佛"而闻名。"扣冰古佛"简称"扣冰"，武夷山以"扣冰"命名的庙宇、街巷、路桥尚有多处。

扣冰桥也是瑞岩寺的有机组成部分。扣冰桥的过水涵洞并不宽，而桥廊却建成数十米长。桥两边不仅安有护栏，还设有供人休息的长条木板为椅，十分人性化。这是由于该桥是为远道而来的如云香客提供的，在即将进入庄严圣洁的瑞岩寺前拭汗振衣的歇息场所。它也是瑞岩寺的"前哨"与"社庙"。扣冰桥目前保存完好，横卧于两山箕护的瑞岩坳上。"桥是一座庙，庙是一座桥。庙安四乡人，桥引八方客。"

遇仙桥是一座始建于宋代的廊桥，位于宋代词人柳永故乡上梅乡白水村南面两山并峙的隘口上。主桥全长7米，桥宽4米、长2.3米、高3.1米。桥面铺砖并嵌有鹅卵石，桥墩是由就地开采的石块垒砌成单孔石拱，齐整坚固。石拱高4.15米、厚0.45米。桥廊结构为抬梁穿斗悬山顶，顶部由瓦片覆盖。

桥廊的进深4柱9檩，面阔5间，中间为神龛，供祖师真武帝君，每年农历三月三为桥上庙会，白水四邻八乡百姓聚于桥上，开展相关民俗活动。主桥南北两侧修有回廊坐靠，回廊垫有长凳，由长7米的单体木料构成。遇仙桥南北坐向，横架白水溪上，贯通东西两岸，东西两侧各修有对接廊亭。

廊桥所在位置是白水村落的入口处，两边山势高陡，一条狭窄的白水溪从中穿过。隘口像瓶颈紧锁着白水盆地十多个村落，有着独特的风水意象，意寓此桥能将风水锁住，同时也护佑村民行旅平安。白水村民就在桥廊上建起了供奉真武帝的神龛。后来，白水一带工商发达，行业繁荣，乡民将民间信奉的行业祖师如木匠业鲁班、造纸业蔡伦、盐米业管仲、剔头业罗祖、屠宰业张飞等供奉于此，所以白水遇仙桥在当地也被村民们称为祖师桥。

千余年来，遇仙桥几经修葺，才保留至今。

古遗址 古迹

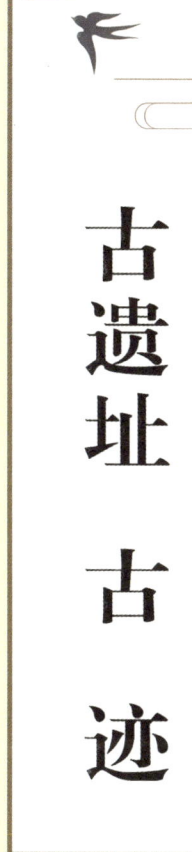

(邱华文 摄)

王城物语

◎张晓平

2023年初夏，中国作家协会"中国一日·走进中华文明"大型文学主题实践活动举办之际，再次来到已列入国家考古遗址公园的武夷山城村汉城遗址。

这一次，聆听"一个人——闽越王无诸、一座城——闽越王城"的故事，感受古代劳动人民的智慧和能工巧匠的技艺，探寻西汉时期那一段短暂而又辉煌的族群融合历史。王城物语，发出来自土地和历史深处的声音，华夏古老文化的瑰宝，处处闪耀着人类文明之光……

无诸雕像

城村闽越王城博物馆大门前，伫立着一尊闽越王无诸的石质雕像。无诸昂首挺胸，腰佩战剑，目视远方，英姿勃发，烘托出这位"开闽始祖"的高大伟岸，展现其雄才大略形象。无诸是中国历史上族群融合的一个代表人物，他治下的闽越国，揭开了福建文明史的光辉篇章。

无诸生于战国晚期，卒于西汉初期。越国解体后，王侯贵族纷纷逃到南方各地，或占山称王，或据岛为主，建立割据国（岛）多达近200个，这即中国历史上著名的"百越"时期。无诸的祖先占领闽地，系越王勾践后代。公元前202年，

（张栋华 摄）

　　汉高祖刘邦复立无诸为闽越王。这时"百越"已经基本消亡，仅留下"百越"中最强大的闽越国、东瓯国和南海国。闽越国吸收中原先进生产力，经济社会发展，百姓安居乐业。

　　考古发现，闽越国的建立，使福建及周边浙南、赣东北、赣东南及粤东北等地区的闽越文化更显繁荣发展，闽越文化遗址遗存武夷山最为丰富。

　　为什么叫"闽越国"呢？因为有一个"闽越族"，其中"闽"是闽族，"越"是越族。福建是闽族，"七闽"是主体，越是客体。两者融合就形成了闽越族。

　　面对无诸雕像，不禁对这位智慧超凡、功勋卓越的闽越先王心生敬意！无诸作为一个越人，武力占据闽人地盘，在群雄争霸、胜者为王的年代，各族群之间你争我斗，不是我灭了你，就是你灭了我。"百越"国成也于此，败也于此。但无诸具有大智慧，他兼顾越族和闽族的利益，不去刻意划分所谓的"闽"和"越"，避免两族之间陷入永远的争斗。虽然越人占据官僚、军队上层的多数，但没有严格划分族群社会阶层的高下贵贱，而是相融共通，合体为一个共同的"闽越国"。

（陈美中 摄）

能够平衡族群关系、让族群相处相融并非易事，2000多年前的无诸做到了！他统一了"七闽"，创建闽越国。闽越国的闽人和越人相生共荣，闽人还保存了"主体"。这体现无诸高明政治家的特性，也成就了他的王者之道。

这种非凡谋略可以追溯到无诸的祖先越王勾践。勾践千百年来是智慧和坚忍的化身，他是"卧薪尝胆""忍辱负重"两个成语故事的主人翁。勾线尝苦胆、睡柴草，从一个失败者翻转为最大的胜利者，让曾经羞辱他的吴王最后羞辱自杀。从血脉基因看，无诸是勾践的十三世孙；从精神谱系看，无诸继承了勾践坚忍顽强、不屈不挠的性格。司马迁《史记》记载，秦统一后，降无诸为郡长；秦末，无诸率闽中军挥师北上，协同诸侯灭秦；项羽分封行赏，却把功劳巨大的无诸排除在外。无诸秉承先祖遗风，每在重要关头，进退有度，像勾践一样成为人生赢家，被刘邦复立为闽越王。可以说，闽越王无诸和越王勾践，既有血脉基因的关系，又有精神传承的关系。

无诸雕像立在武夷山城村，他对整个武夷山区域的影响无处不在。武夷山群

古遗址 古迹　189

峰并立、千姿百态，其中一块巨石巍峨壮观，像臣人的冠帽十分醒目，这就是大王峰，据说因为大王无诸经常在附近山下练兵而得名。历史学者考证武夷山名字的由来，其中一种说法确实与无诸有关。越人祖先名叫"无余"，越语"无余"与"武夷"读音相同，无诸族人祭祖时发出的祷语"无余无余"（"武夷武夷"），久而久之就叫成了武夷山的名字。

越来越多的学者认为，武夷山城村就是当年闽越国都城所在地。武夷山地处闽浙赣交界，闽越国的辖地包括闽地、江西和浙江部分之地，王城宫殿设在了武夷山，正好处于中心中央位置。辖区民众无论越人还是闽人，可以感受到闽越王无诸的"皇恩浩荡"，产生融合的认同感、归属感和安全感。

《汉书·严助传》记载闽越国"甲卒不下数十万"，表明当时闽越人丁兴旺，在那样一种战乱连年的时期实属不易。无诸族群融合之路大功告成，闽越国成为西汉时期南方的一个强大的割据势力，被誉为"中国东南之强"。

武夷山大王峰，何尝不可以看作另一座永久耸立的"无诸雕像"？

瓦当、铧犁和空心砖

关于"七闽"最早的文字记载，出自《周礼·夏官》："职方氏掌天下之图，以掌天下之地，辨其邦国、都鄙、四夷、八蛮、七闽、九貉、五戎、六狄之人民……"

人们印象中的"七闽"是蛮荒之地，许多学者津津乐道的闽族文化表征有诸如拜蛇图腾、断发文身、拔牙巫术、魑魅鬼物等等，说明属于更远古时的风情风俗得到保存。但对无诸时期闽越国文化的认识不能停留在这些猎奇事物上，当时闽越文明融合的大门打开之后，先进的汉文化、越文化占据主导地位，与当地以印纹硬陶为代表的闽族文化融合，碰撞出瑰丽的闽越文化。建筑文化中，建筑师们模仿秦汉宫城的中原风格建造王城，王殿居中，左祖右社，体现秦汉的礼制格局；城门高大气派，城墙严实厚重，布局庭院、汉阙、宫庙、中轴线、祭坛等，完全是中原古城特征。但细节之处，保持着浓郁的闽越特色，"干栏式"建筑、墙体

"万岁"瓦当（丁海祥 供图）

蛇纹图、彩绘、砖瓦纹路等，把闽越风情展现得淋漓尽致。

闽越王城博物馆里陈列着"万岁""常乐""乐未央"瓦当。瓦当俗称瓦头，古建筑用于顶檐上的构件，起着保护木制飞檐和美化屋面轮廓的作用。武夷山城村地底下挖出的瓦当，数量之多、制作之精美、书法和构图之独特，出乎考古界专家意料，因为这些吉语瓦当，提供了它们出自宫殿建筑的证据。"万岁"瓦当泥质灰硬陶，扁圆形，沿旁一圈弦纹，当心凸起圆泡，上部有云树纹（镞），书法为篆书，图案有蛇、鸟图。古代瓦当多应用在古宫殿、官署、寺庙等级别较高的建筑上。从汉城"万岁"瓦当可以看出多元文化的融合。篆书来自中原文化，篆书文字瓦当多见于西汉初期。右侧"万"字左侧"岁"字结构加鸟形勾状，这种"鸟"语是越文化的符号。云树图纹虽然比较普遍，但蛇、鸟图纹少见。闽地有崇蛇习俗，蛇形图纹应该是秦时期闽土族神话传说的体现。

汉城遗址出土的铁器、兵器值得重视，主要有犁、耙、铲、刀、剑、镞、矛、釜等，种类和数量都是无与伦比的。历年考古发掘出土的铁器种类齐全，有农具、手工业工具、兵器及其他日用杂器等300余件，是福建出土最多、最早的一批铁器。许多罕见的器具，代表了当时先进的生产水平，可见闽越国农业生产力达到空前水平，精耕细作的农业技术已被闽越人接受和掌握。一些先进的农具、石器、砖瓦等珍贵文物，甚至在中原地区也属罕见。一件硕大的铧犁，重达15公斤，须四头牛才能拉动耕田；一件奇特的铁锯，齿轮清晰可辨，残长102厘米，宽3厘米；一块全国最大的空心砖，泥质橙黄陶，长方形，正面模印两条绶带串联四块玉璧形主体纹饰，边框以菱形纹作辅助装饰；长46厘米、宽38厘米、厚4厘米，印有菱形花纹的长形砖，主要用于铺砌回廊走道宫殿地面……

(邱华文 摄)

高胡坪宫殿

司马迁《史记·东越列传》1256字勾勒出闽越国兴亡的轨迹，评价闽越开国之王无诸是历史功臣，继承者东越王馀善是历史罪人。

司马迁的闽越国传记为何名《东越列传》而不是名《闽越列传》？一则也有考证认为闽越国就是东越国；二则因为后无诸时代，东越王馀善崛起，成为后无诸时期的主角。

馀善"先数与郢谋，继而杀郢，拥兵自重威行国中"，他把自己的亲哥哥、王位继承人郢的首级作为投名状献给汉武帝，想以此换得闽越王位。汉武帝认为"只有无诸之孙繇君丑没有参与阴谋"，立丑为闽越王。此时馀善杀郢占据了地盘，收拢了人心，得到闽中贵族和当地百姓的拥护。馀善判断自己已经做大，暗中自立为王。汉武帝得知后也予以默认："馀善屡次同郢阴谋作乱，以后杀死郢，使汉军得以避免征战之苦。"汉武帝为权宜计，下诏封立馀善为东越王，与此时的闽越王丑形成二王并处的局面。

这或许是大汉朝廷惯用的离间计，目的是让闽越王族之间相互制衡，如果相安无事最好，这样可保一方稳定。但屡获成功的馀善野心包藏不住，竟然发兵拒

（吴智成 摄）

汉："号将军驺力为吞汉将军，入白沙、武陵、梅岭，杀汉三校尉"。首战告捷，馀善被胜利冲昏头脑，私刻"武帝"玺印自立为帝。元封元年（前110），汉武帝派四路大军围剿馀善，一直杀到武夷山。武夷山下的闽越王城毁于一旦。这场惨烈战争的主角东越王馀善，被东越建成侯敖和繇王居股合谋杀死。馀善置勾践、无诸的祖训于脑后，对抗大汉统一中国，逆历史潮流而动，不得善终，导致了闽越国的灭亡。

强大的汉武帝铁蹄征服闽越国后，烧光闽越王城的城池宫殿，杀戮闽越残兵败将，将闽越族人流放至江淮一带。在历史长河中，闽越国"兴也匆匆，亡也匆匆"，从此在地球上永远消失了。

在汉城遗址，高胡坪甲组宫殿大殿的东边有一处砖砌的水池。浴池四边并列四条东西向陶管，北边也有四条并列的南北向陶管道，东壁下设有一条排水管。浴池北侧东部又有一组回形陶管道，考古学者认为这些供暖设施在全国的汉代遗址中独一无二。固然说明当时浴池的先进水平，但宫廷生活的豪奢可见一斑。后无诸时期的闽越国在穷兵黩武的同时，王孙贵族骄奢淫逸，这也加速了闽越国走向衰败。

祀坛、乾鱼和幔亭宴

在武夷山九曲溪一曲溪北大王峰左侧，幔亭峰山腰处，有一巨石浑然方正，上侈下削，其平如砥，可坐数十人。巨石称为棋盘石，这里即汉武帝遣使以乾鱼祭祀武夷君的"汉祀坛"。

宋代进士、泉州通判陈梦庚诗云："苔老坛荒扫不开，汉皇多欲岂仙才。乘龙人去真灵失，万里空劳一使来。"

（邱华文 摄）

诗中对汉皇多有嘲讽之意，所言之事在司马迁《史记·封禅书》和班固《汉书·郊祀志》里均有记载。汉武帝接受大臣建议，祭祀神仙武夷君以求福祥，令祠官"祠黄帝用一枭、破镜；冥羊用羊祠；马行用一青牡马……武夷君用乾鱼"。这段话的意思是说，祭祀众神仙的祭品，用枭（一种传说中食母的恶鸟）和破镜（传说中食父的恶鸟）祭祀黄帝，用羊祭祀冥羊神，用公马祭祀马行神，用乾鱼祭祀武夷君。

祭祀武夷君所用的乾鱼，蕴含着意味深长的文化符码。乾卦在《周易》中为六十四卦的第一卦，代表天之尊贵，象征阳性，表示兴盛强健，卦辞"元亨利贞"，寄寓一元复始，事物从诞生到发展成熟的意思。选择以乾之鱼祭祀武夷山神仙，实为汉武帝的厚爱之举。

武夷山被列入封禅之册，祭祀武夷君是汉武帝推行的怀柔招数。他收复天下后，实行"汉化闽地"政策。以神仙之名号令天下，目的在软化人心。

公元前110年，皇帝派出的特使来到武夷山，在幔亭峰祭祀武夷君。祭祀活动后，举办幔亭招宴神仙会。乾鱼作为祭品，就地取材，以武夷山城村一带河流里的鱼精制而成，也成为幔亭招宴上的一道美食。

《武夷山志》记载，古代武夷山祭祀神仙武夷君的盛会，每年农历八月十五举行。在幔亭山峰前，设置彩屋数十间，装饰以明珠宝玉，"置酒会乡人于峰顶，召男女二千余人，虹桥跨空，鱼贯而上"。记载中秦始皇二年中秋的幔亭招宴最为盛大，众神仙和 2000 多名山民聚集一堂，上演了仙凡同乐的大戏。汉武帝时期武夷山的宴会也有记载，宋代学者祝穆《幔亭招宴》详细记叙了神仙会的盛况。幔亭峰上，彩虹桥横空飞架，神仙皇太姥、魏真人王子骞、武夷君、十三仙腾云驾雾而来，落座高堂。空中有赞者（主持人）呼山民为"曾孙"，真人高声言："汝等曾孙各安好！"众山民鱼贯簇拥分东西两侧跪拜坐下。美酒佳肴在席间依次摆开，食品非凡品，皆非人世间所有，一时神仙与曾孙们觥筹交错，醉饮良宵。

主持人（赞者）命鼓师张安陵击鼓，赵元奇拍副鼓，刘小禽坎铃鼓，曾小童摆鼗鼓，高智满振曹鼓，高子春持短鼓，管师鲍公希吹横笛，板师何凤儿拊节板，东幄奏响《宾云左仙之曲》。次命弦师董娇娘弹坎篌，谢英妃抚长琴，吕荷香戛圆鼓，管师黄次姑噪笙篥，秀淡鸣洞箫，宋小娥运居巢，金师罗妙容挥鍤铫，西幄奏响《宾云右仙之曲》。酒数行，食罢乾鱼，歌师彭令昭登场，高唱《人间可哀曲》：

天上人间兮会合疏稀，日落西山兮夕乌归飞。
百年一瞬兮志与愿违，天宫咫尺兮恨不相随。

曲终人散。骤然间，"风雨暴至，虹桥飞断"。回首望去，寂静的幔亭峰空无一物。宋代宰相、诗人李纲《幔亭峰》诗云：

宴罢虹桥绝世纷，曾孙谁见武夷君。
更无茵幕空中举，时有笙竽静处闻。
猿鸟夜啼千嶂月，松篁寒锁一溪云。
洞天杳杳知何处，翠石苍崖日欲曛。

绝壁古崖居

◎聂炳福

　　从武夷山"水帘洞"景区沿溪涧步道前往"大红袍"景点的一路上，茶园连片，山清水秀，峭壁耸立，溪水潺潺。阳光被远远地分隔在高高的山外，阴凉阴凉的山风时不时从峡谷中掠过，没有曙气的侵袭，一身感到舒爽轻松。过了漳堂涧的踏步桥（以石墩作踏步的流水桥），在岸边歇脚亭稍息片刻，仰头看对面丹霞嶂峰岩，忽然发觉在上不接天、下不着地的绝壁悬崖上，有一处几十米长的斜洞，飘出斜洞外的是木架结构的房屋雏形，犹似空中楼阁。细观穴中建筑，大小数十间，或深藏或临崖，悬楼吊脚，层层叠叠。木头在百年岁月中被风雨常年剥蚀显得有些溜光，但依旧牢牢地镶嵌在石缝里，这就是名闻遐迩的武夷山天车架"古崖居"。

　　仰望那悬空半壁上的天车架及洞穴内建筑时，不禁心生疑惑：建造工匠是如何攀援而上进入洞内施工的？外人猜想多多，只有当地山民知道，漳堂涧后有一条曲折盘旋奇险无比的小路可直通洞穴崖顶，若没熟人指点迷津，想识得"庐山真面目"并非易事。只有在当地山民做向导带领下，顺悬崖裂隙，紧拽藤萝，手脚并用方能攀援而上，可见，想从如此险恶之径运送物资和木材上去是绝不可能的了。

　　临岩洞穴前，有石头搭建的简易山门，上刻"阜财解愠"四个大字，意为此乃聚财之处，更是养心解忧之风水宝地，代表着隐居者对美好希望的祈盼。可以设想，当年建造工匠就是从这条不为人知的隐蔽之路登上洞穴崖顶，再从崖顶通

(张栋华 摄)

过固定绳索下到洞口。

施工工匠在洞内先建造一个绞盘架，即"天车"运送装置。我们看到岩壁上伸出洞口的4个门楼样物件，实际是4组天车。古人将挑梁嵌入岩体，车架相互榫接，装置上辘轳、绞盘，就成了一个能上下运转货物、人员及物品的交通工具，虽历经百年沧桑和风雨剥蚀，却依然未改当初风貌，故古崖居亦被称为天车架。

历经千年岁月风吹雨打而自然形成的很不规则的岩石洞穴，要供人们生活起居自然是要花一番心思重新设计打造。借助岩石遮风蔽雨，洞口空阔采光良好，洞内干燥通风适宜居住，又偏有一眼泉水可供饮用，只要因地制宜，依崖壁凿出了灶台、水池、石臼、石仓等生活用具，再将运到洞穴内的木材搭起阁楼就可供人居住。有喜好探险考察的户外活动爱好者，涉险登临天车架崖洞内，看到残存的遗迹甚为惊叹。整个洞穴分为防御、生活、储藏3个功能区，崖外还建有山门，内设瞭望台，洞中修筑天车架、悬梯、吊台、吊车、环栏、甬道、供人起居的小木楼。修建这一整套布局严谨、功能完备的生活起居和防御系统，不仅要有技艺精湛的工匠师傅，非万贯家财的富户，谁有这个财力支撑？考察者们在洞内发现石臼、瓮盆、衣箱号牌、铁制剪刀等生活用品，器皿残片以及三处摩崖石刻。住在这里，兵匪来犯时可消灾避难，兵匪过后亦可如远离红尘，做隐士逍遥自在，伸手接云天，俯视观万壑，青翠环绕，气息清新，恍若人间仙境。

（吴心正 摄）

　　武夷山古崖居分布在武夷山景区的城高岩堡、三仰峰碧霄洞、杜辖寨不二门等诸多峰岩半崖洞穴中，而水帘洞景区丹霞嶂半崖石罅中的天车架古崖居，是武夷山现存最完整、最典型、最有代表性的崖居遗构。此处建筑建于清咸丰七年（1857）距地面50—70米不等，是名符其实的"空中楼阁"。整个崖居由山门、峭壁石坎、接水工程、大小石门、居住区组成。居住区由砖斗墙、贺柱、木栏杆、悬梯、吊台、吊车（辘轳）构成，各部之间有木梯、栈道相连，形成一个完整的住宅群。建筑以木结构为主，有柱无梁，应用穿斗、榫槽传统木匠工艺，依崖凿孔构就，风格原始简陋，传统古朴。天车架古崖居是武夷先民"水处穴居"的力证，对研究我国南方崖居习俗，研究古代建筑艺术有极高的科研价值，现已公布为福建省第六批文物保护单位。

　　古崖居，作为武夷山"双世遗"中的一个亮点，在世界遗产名录中占据闪光的一页。那曾经发生在古崖居上的故事，仿佛从悠远的岁月中由远渐近一幕幕扑面而来。

遇林亭窑址

◎王长青

遇林亭窑址，位于武夷山景区北侧偏西，紧邻风景秀丽的莲花峰，分布面积近6万平方米。这里有一条小山溪自南往北流过，沿溪有6座小山岗，堆积着数以万计的匣钵和碗垫，有的深达3—5米。1961年被公布为福建省级文物保护单位，是目前全国保护最好的一座窑址。

（吴心正 摄）

遇林亭窑址，曾把一段岁月的时空烘烧得通亮通亮的，从此，历史在这里留下了一曲辉煌的乐章，中国陶瓷业的精湛技艺在这里找到了真实而生动的范本。

800年的沧桑岁月，曾掩埋了人世间多少的悲悲喜喜，却无法掩埋你那熠熠闪烁的生命之光。

1998年10月，经福建省文化厅批准，对该处进行抢救性考古挖掘，取得田野考古重大收获，9个大探方剥离表土30—50米，出土的作坊石基平台用条石砌成，十分工整。出土的产品（文物）有兔毫盏、清釉的碗、盆和建筑器材如板瓦，还挖掘出通往窟炉的膛口，膛口处废口堆积层厚2—3米，火膛内还有一段未烧尽的大杂木。

遇林亭宋代古窑当年所烧制的，正是"建窑"系列的以黑釉瓷茶具为主的产品。据地下出土的文物显示，当时的茶碗、茶盏产品中即有不少是"兔毫"类的"上品"，甚至还发现了被誉为"举世奇珍"的金银彩釉瓷碗的残片。这是我国陶瓷考古领域的一大收获，它也直接证明了800年前遇林亭古窑的陶瓷大师们所达到的令人惊叹不已的工艺水平。

沿着花岗岩铺筑的石阶拾级而上，一种岁月的沧桑感和历史的厚重感便会油然涌上心头。1号窑址和2号窑址建在山谷的两侧，两座窑址各占据一座山头，形成极为对称的两座长窑。这两座窑址均沿着各自的山坡斜上而建，左侧的1号窑址全长70余米，右侧的2号窑址全长110多米。两座窑址宛如两条巨龙横卧在两座山中，远远望去，两条巨龙大有跃跃欲飞之动感，气势磅礴宏伟壮观，因而又被称为"龙窑"。从考古发掘的平面结构看，炉中的火膛、窑室、出烟室、窑门等一应俱全，烧制的瓷器主要以碗、盏类为主，尤以黑釉、青釉瓷器而著称。

（吴智成 摄）

（吴心正 摄）

　　武夷山遇林亭窑烧制的黑釉瓷，制作精良，工艺独到，至宋代达到极盛，风靡一时，为达官权宦和文士名流所宠爱，遇林亭窑也由此名气远扬，还奉诏为宫廷制作贡品。当时黑釉瓷流入日本的还被称为"天国瓷"，被日本人视为国宝，堪称瓷器精品。

　　遇林亭窑的青瓷，则以胎骨灰白、坚硬、釉面有玻璃质感而见长。这种青瓷用刻花、模印、堆塑等装饰手法，线条流畅，风格纯厚，在日本被称为珠光青瓷，颇负盛名。至今，在东南亚及日本、朝鲜等国均有留下黑釉瓷、青瓷的大量遗迹，足见烧制工艺的精湛。

　　面对一件件一组组窑址瓷器，面对800年前武夷先人精湛的烧制技艺，除了惊叹和赞美外，更多的应是一种发自内心的自豪、一种深入历史的思索。随着激情与思绪的飞扬，我们仿佛走进一段历史的时空，与武夷陶瓷大师们进行了一场跨越时空的深情交谈，那段火红的历史、那束陶艺的灵光、那股永恒的魂魄……就是在这深沉的对话中流淌而出……

古遗址 古迹　　**201**

船棺觅古

◎杨瑞荣

台湾著名学者陈鼓应教授曾慕名来到武夷山，当他看到武夷山博物馆文物展览大厅陈列的"武夷船棺"时，感慨地说："武夷山先民的崖葬习俗与台湾新竹县上坪溪上游、马巴来山腹洞空中的高山族悬棺遗迹非常相似。"

历史上百越族是中华民族大家庭的成员，他们中有一部分后来散居在我国西南山地，如现在广西、云南、四川一带，另一部分居住在东南沿海如福建、浙江、江西，有的辗转到了台湾。据史料记载，崖葬就是古代越族的习俗。闽、浙、赣三省交界的武夷山是古越人分布的主要地区之一，这里多有崖葬习俗，就是人死后，将棺柩安置在悬崖绝壁的自然洞穴或人工凿成的洞穴中。这种葬式代表古越族的文化特征。

而素有"人间仙境"之称的福建武夷山，不仅山清水秀，而且有着举世闻名的"船棺"古迹。

在峰峦腰际、悬崖峭壁的自然裂隙和岩洞里，安放着许多形似船体的棺木。远远望去，这些船棺好像悬在半空中似的，所以也叫"悬棺"。据史料记载，武夷山有"悬棺数千"，今天我们能看到的尚有数十具。1962年，我国著名历史学家郭沫若先生曾来到武夷山游览，见到九曲溪大藏峰数十丈高的洞中存放着的"船棺"，触景生情，挥笔题诗："峭壁沿溪列，烟去拂岭浮。船棺真个在，遗蜕见崖壑。"宋代的朱熹和陆游、明代的张于垒游览武夷山之余，把这种可想不可即的古物蒙

（肖文凤 摄）

上一种神秘的色彩，写下许多吟咏船棺的诗文。

为了揭开武夷船棺的奥秘，福建省考古工作者在林业工程吊装队的协助下，于1972年和1978年先后两次从武夷山风景区内百米高的悬崖岩洞里取下了两具船棺，进行考察研究，并将取下的两具船棺分别命名为"武夷一号船棺""武夷二号船棺"，分别存放在武夷山市博物馆和福建省博物馆展出，供中外游人参观。

这两具船棺都是用楠木刳成，4米多长，形似小船。全棺分底、盖两部分，棺盖和棺身结合处为子母口套合，未施钉铆，底部形状似织布的梭，棺盖呈半圆形，恰如船篷，中间是长方形尸柩。其中一具船棺尸柩内有副身高1.7米的男性老人骨骸，身着大麻、麻、丝绢、棉花4种质料的衣服，但大部分已炭化。尸体还用竹席衬裹着。棺内还有龟形四足木盘以及鸟、鱼骨骸、果核等随葬物。考古工作者用放射性同位素测定船棺的木质标本，认为已发掘的两具船棺距今已有3600年和4200年历史，大约在我国的夏、商时代。

船棺至今完整不朽，这与它的用材及所处地理环境有密切关系。棺木是用楠

（荷华文 摄）

（邱华文 摄）

木制成，楠木含油，坚实耐腐，菌类不易寄生。武夷山海拔较高，有雾天数较少，霜雪不多，利于保护棺木。同时，船棺放在崖洞内，遮雨蔽日，每天还受到夕阳照射一个时辰，这样，洞内就能保持干燥通风，温度和湿度能相对稳定，不仅细菌难以繁殖，野兽也难以闯入。

三四千年前，人们是如何将船棺放进这些无路可通的峭壁岩洞里的呢？过去的人们曾有过种种推测。现在，考古工作者经过考察认为，3000多年以前生活在武夷山的古越族人使用了最原始的木械吊装，或者从平地上升，或者从高空下坠，引船棺入洞。

在武夷山大大小小的岩洞石缝中，还可以发现一些断木残板，人们称它为"虹桥板"，它可能是古栈道的遗迹。根据这些，也有人推测，古人是在悬崖峭壁上架板铺道，然后通过栈道把船棺送进岩洞。

在岩洞里放置船棺，是当时居住在武夷山的居民——古越族人的一种特殊葬俗，史书上称为"岩棺葬制"或"船棺葬制"。据《汉书》记载，古越族是生活在水上的，船是他们生活中的重要工具，给死者以船棺葬礼，是一件合乎情理的事情。

同时，船棺本身也显示出高超的手工艺制作水平。棺内遗物中的棉布，是我国迄今为止发现的纺织品中年代最早的。所有这一切表明，古越族经济文化的发展与我国中原地区殷商奴隶制青铜文化存在着密切的关系。这就为研究秦汉以前福建的历史和文化提供了珍贵的实物资料。

从台湾新竹一带发现悬棺葬和福建武夷山的船棺看，古代越族特殊葬俗绝大部分是相同或接近的。历史上，台湾同胞包括三部分人，就是福佬人、客家人和高山族人。福佬人是指福建的移民及其后代，客家人是指广东的移民及其后代。已故的厦门大学考古学教授林惠祥先生认为，高山族同胞也是由好几部分组成的，其中有一支出自祖国大陆支派很多的古越族（又称百越族）。这说明台湾高山族与大陆南方少数民族，特别是与古越族有密切的历史渊源关系。这印证了台湾高山族的祖先大部分是来自祖国大陆的古越人。

岚上古塔

◎卫 康

武夷有古塔,塔在岚之谷。

每到一个地方,我都要问问:这个地方有没有塔,尤其是古塔。如果有,只要时间允许,我都会去看看。塔本就高,又多建在高处,盘旋而上,了解古塔的故事,欣赏古塔的造型,有时还能从塔内旋转而上,凭栏欣赏塔下的风景。对我来说,这实在是令人欣然向往的一段旅程。

塔本是佛教中存放高僧舍利子的地方,以后又用于存放经书,所以塔多称为宝塔。岑参在《与高适薛据同登慈恩寺浮图》说:"塔势如涌出,孤高耸天宫。"经过历史中的不断演变,塔在我眼里成了一个极具艺术意味的象征之物:它高耸,而不容置疑;它无用,而保留久远;它重新定义了脚下那块土地。美国大诗人史

(吴智成 摄)

蒂文斯的诗作曾描述一个意味深长的场景：在田纳西的山顶放一个坛子，坛子就以文明重塑了荒野。这种意味和中国塔的内涵，不谋而合。

而武夷山唯一的古塔——岚峰塔，就是这样一个所在。

岚谷有清风，清风在塔上。

岚谷，是一个很美的名字。岚，山风也，雾气也。位于武夷山市北部的岚谷乡，东接浦城县，北与江西五府山交界，南和西南与吴屯乡相接，是"九山半水半分田"的山乡。岚谷，即因山谷狭长多雾气而得名。

岚谷的岚峰塔，是一座很美的塔。塔高13米，塔分7层，塔檐6角，塔身窈窕，窗户呈Z字形交错而上。更令人惊奇的是，塔顶绿草茸茸之

岚峰塔

上，长了一株小树，大概是鸟儿遗下的种子，树与塔相伴，一年四季，各有不同景致。

岚峰塔的坐落位置很特殊。和大多数宝塔雄踞高处不同，岚峰塔矗立在一片稻田中央，岚溪河畔。关于岚峰塔为何建在水边，乡民们有几种说法，一是岚溪上游水形复杂，常有乡民尤其是儿童溺水，有人传为妖怪作孽。为保一方平安，乡绅出资在溪边建塔镇妖。二是岚谷乡里有陈、江两个大姓，积怨很深。为阻止江姓势力扩张，陈家请来了风水先生。风水先生认为江家山形如龟，是祥瑞。如果在溪边建塔，夕阳余辉之下，塔影如剑投在江家山上，形如斩龟，这样江姓就永无出头之日。无论出于善心还是恶念，传说里的那些人和事都通通随岁月湮灭了，留下的，只有悠悠流水，沧桑古塔。

据县志载，岚峰塔建造距今不过100多年，是岚谷举人陈绍勋在光绪二十五

年（1899）捐资建筑。岚峰塔六角七层，是楼阁式空心砖石构，塔身很小，底层仅可放一方桌。我见过岚峰塔原来的照片，灰扑扑的，并不雅致。乡人别出心裁地将它刷白之后，古朴的岚峰塔增添了几分年轻，与蓝天绿树的配合也显得更加醒目，竟有了几分大理崇圣三塔的味道。从高处看去，清风来去的岚谷田野中，古塔是独一无二的耸立。

岚谷有至味，至味在塔下。

天气晴好的时候，倘到岚峰塔来，便能看见不一般的景致。溪流纵横、绿树四合、青草茂密的岚峰塔周围，三三两两的大白鹅散布在溪上、田边、沟里，成群结队，呼扇着翅膀，鹅头殷红，嘎嘎叫唤。

鹅，是在中国文学史里自在游弋的动物，骆宾王的诗稚子能颂，王羲之卖字买鹅的故事妇孺皆知，阳羡鹅笼里的故事想象瑰丽，也和鹅有关。最早在左丘明《左传·昭公二十一年》里，就有"郑翩愿为鹳，其御愿为鹅"的句子。

岚谷人把鹅别出心裁地做成一道至味：岚谷熏鹅。可不能说饮食和文学没有关系，孔子《论语》里面一大部分都在谈吃，许多文豪转身就是美食家，比如苏东坡。岚谷熏鹅，名声在外，最出名的就是辣，其辣度之高足以令老饕思虑再三。然而赏味熏鹅如果只吃到辣，则是察之不细了。岚谷熏鹅的辣犹如佛家的当头棒喝，棒喝之下，诸般味道才能翻涌而出：鲜、甜、香、糯。岚谷白鹅以稻谷为食，故有稻谷的清香；白鹅以溪水为饮，则有溪水的纯净。若细细品尝之间，还能吃到一丝若有若无、清风明月般的高渺，那很可能，这是一只终年在岚峰塔下游弋的鹅，与绿树古塔唱和，读着山川河岳的书卷。

那就到岚谷去吧，寻找密藏在山水角落的一方古塔，一道至味。

刘公神道碑

◎范传忠

倘若说到刘公神道碑，我们知道这是一座由宋代理学集大成者、大理学家朱熹（1130—1200）为宋代抗金名将刘子羽（1096—1146）亲自撰文并书写的记事碑。据碑文所载，该文字的创作时间是宋淳熙六年（1179）冬十月。那么，这样的一块记事碑到底记载了什么？又给后世的人们留下多少故事呢？

神道碑，旧时一般指的是立在死者墓前记载逝者生平事迹的石碑，主要适用于封建统治阶级的上层人物。现存的刘公神道碑，全称为"宋故右朝议大夫充徽猷阁待制赠少傅刘公神道碑"。该碑的全文共有3725字，按后世文献记载，很早就缺失了47字，存留至今尚可辨认的大约有3200余字。碑高3.7米（连基座）、宽1.45米。此碑原立于崇安五夫里（今武夷山市五夫镇）拱辰山蟹坑的刘子羽墓前，1981年，政府相关部门为更有效地加强保护措施将其移送至武夷山武夷宫。1985年10月，该碑被列为福建省第二批省级重点保护文物之一。

刘子羽，字彦修，宋代抗金名将，建州（今建瓯）崇安五夫里人。幼时就学习儒家经典著作，少年时代随同父亲抗金名将刘韐（1067—1127）驻防浙东，攻读兵书。他智勇双全，协助父亲死守真定（今河北正定县），抵抗金军南侵。立功后受封，继而又随抗金名将张浚（1094—1164）出保川陕。这期间，他还向张浚荐举了同是建州崇安籍的吴玠（1093—1139）、吴璘（1102—1167）兄弟，其后吴氏兄弟均为抗金名将。宋绍兴四年（1134），他入朝任职朝议大夫，充徽猷阁待制。此间认识了朱熹之父朱松（1097—1143），两人志同道合，成为莫逆知交。宋绍兴十二年（1142），他被罢官离朝，提举太平观，蛰居建州崇安五夫里。宋绍兴十三年（1143），朱松在建州环溪精舍病逝，弥留之际曾手书以家事郑重托付给刘子羽。宋绍兴十四年（1144），十分尽心担责的刘子羽专门在屏山脚下潭溪之畔建造了紫阳楼，供已移居五夫里的朱熹及其母亲祝氏夫人与妹妹朱心生活起居。宋绍兴十六年（1146）十月二日，刘子羽病逝，赠少傅，谥忠定公。卒后葬五夫里蟹子坑。

崇安五夫里在宋代是人文荟萃之地，刘氏家族则是那里的名门望族，素有"三忠一文"之美誉。"三忠"指的是刘韐、刘子羽、刘珙（1122—1178），他们去世后被朝廷分别谥为忠显公、忠定公、忠肃公；"一文"指的是刘子翚（1101—1147），卒后被朝廷谥为文靖公。

朱松临终前，曾交代朱熹说："籍溪胡原仲（即胡宪）、白水刘致中（即刘勉之）、屏山刘彦冲（即刘子翚），此三者，吾友也。其学皆渊源，吾所敬畏。吾即死，汝往父事之，而唯其言之听，则吾死不恨矣！"从此，失怙之后的少年朱熹寓居崇安五夫里，既得到了刘子羽的极大关切与关照，又得到了学养深厚的"武夷三先生"——刘子翚、刘勉之（1091—1149）、胡宪（1085—1162）的谆谆教诲，从学刘子翚时他又得机缘问禅于道谦师（1092—1155），20岁时就以道谦说参加

（吴心正 供图）

省试中举，不久又通过殿试登进士第。后来，朱熹在修建好武夷精舍时曾写诗自诩说他是"琴书四十年"于武夷山中，足可佐证他的一生基本上都是在武夷山从学、著述、传教，朱子理学也在武夷山萌芽、发展、传播。

  朱子是后人对朱熹的尊称。据载，刘子羽含恨去世后，丧仪简约，墓前未立神道碑。他的长子彭城侯刘珙深感内疚，临死前把立碑的夙愿托付给好友朱熹。朱熹与刘珙有同窗之情义，且年纪稍长的刘珙对朱熹亦提携关照甚多。所以，在刘公神道碑这篇文字中，朱子首先阐述了其撰写碑文的缘由，刘子羽的儿子刘珙"疾革时，手为书，授其弟玶，使于属熹"。朱子发书恸哭曰："呜呼！共父乃遽至此耶？且吾早失吾父，少傅公实收教之。共父之责乃吾责也。"紧接着，朱子详细地记叙了这些故事：用十分感恩的心情记述了刘子羽抗金事迹和生平史实，以酣畅淋漓的笔墨讴歌了刘子羽协助南宋初年的宰相张浚开辟川陕第二战场，确保南宋半壁江山的军功和政绩；列举了刘子羽和崇安籍抗金名将吴玠、吴璘兄弟浴血保卫四川的几次惊心动魄的战斗事迹；歌颂了刘氏祖孙三代的家国情怀与忠孝思想及其英勇抗金的功勋伟业。朱子的这篇碑文，文字精练明快，情感深沉，是一篇极好的传记文学作品。

  刘公神道碑的碑额是朱子函请抗金名将张浚之子、南宋著名学者张栻（1133—1180）用篆书题写的。碑文则是朱子手书的楷书，字体端庄清俊，笔画遒劲挺拔，是迄今传世的朱子手迹中字数最多的书法珍品。

初识竹林坑

◎赵建平　逄博如

竹林坑窑址是个烧造原始青瓷的窑口，2010年全国第三次文物普查中发现，在武夷山文化遗产的大家族中，算是最"年轻"的了。

原始青瓷也称"釉陶""青釉器"，是原始瓷器向成熟瓷器发展的重要过渡阶段。中国考古界普遍认为浙江龙泉窑距今2700多年，断代在西周末至战国时期，是举世公认的"青瓷发源地"。在武夷山多年的田野调查与考古发掘中虽偶有零星发现，但始终没能找到来源于何处，而福建又从未发现原始青瓷的窑口，因此，瓷器考古界依据青瓷"风格和流播路线"推定，浙江龙泉窑"影响到闽北的窑口"，因为，"在这范围内生产的瓷器都是龙泉窑的风格"。

换言之，先有龙泉青瓷，后有福建青瓷，福建青瓷是在龙泉青瓷影响下而产生的。

武夷山口口相传着一个"锅碗瓢盆落人间"的故事。上古时期，武夷君、皇太姥与魏王子骞等武夷众仙在大王峰搭起十里长亭，饰以"明珠宝玉，帏幄幛幔"，到处张灯结彩，在群山之间架起虹桥，锅碗瓢盆盛满三牲五果，设宴招待乡民。宴至深夜，当乡人踏着虹桥，家家扶得醉人归时，忽然，"风雨暴至，虹桥飞断。回顾山顶，寂无一物"，唯见乡人刚刚用过的锅碗瓢盆漫天飞舞，渐渐散落在茫茫的天际。为纪念这次人神相聚，惋惜那些再也无法找寻的精美的瓷器，人们就将当年宴会的地方取名幔亭峰，在山下立"同亭祠"纪念。宋理学家祝穆在他的《武

古遗址 古迹　　213

窑室前部火道（赵建平 供图）

夷山记》中详细记述了这个故事。至今，武夷乡人都还这样说，田野里的陶瓷碎片就是那次散落的。

2010年夏，一群年轻的考古队员迎着酷暑，来到武夷街道黄柏村一个名叫竹林坑的低矮小山包，在灌木与杂草之间捡到几片"青瓷"。采集标本表明，极有可能是西周早中期原始青瓷窑口。

谁都知道瓷器鉴定高深莫测，考古队员不敢怠慢，赶快用手机拍了几张照片发给省文物局请求辨认。顷刻，省文物局回电"带足标本回省局"。队员迅速整理行囊，赶回省文物局。

标本鉴定结果为原始青瓷，但制作工艺、烧造方式、生产规模、工场面积，特别是窑口位置都还未知。也就是说，如果找不到窑口，那么就不能确定标本产自本地。要解决这些困惑，唯一的办法只有发掘了。

2011年11月，经国家文物局批准，福建博物院、武夷山市博物馆与闽越王城博物馆组成联合考古队，对竹林坑窑址进行抢救性发掘。

青瓷豆

青瓷豆

发掘出土标本（赵建平 供图）

竹林坑是福建省首次原始青瓷窑址考古发掘。本次主动发掘历时两个月，揭露面积130平方米。《发掘报告》对竹林坑窑断代和价值作出如下结论："竹林坑窑出土了大量原始青瓷器物与残片，经鉴定，断代为西周早中期，将我省青瓷生产的历史推进到距今3000多年，大大地早于龙泉窑，填补了我国西周早中期窑业技术的空白。且竹林坑窑炉、窑室、火道、分焰柱、排烟结构及其构筑工艺与龙泉窑比较有着明显的差异。"

竹林坑窑比浙江龙泉窑"年长"了大致300—400年，"年龄"大致与大名鼎鼎的"武夷船棺"相仿。看来，这个"年轻"的古董还真是不年轻了。

《竹林坑窑址考古发掘报告》还指出:"本次发掘三处窑炉,探明另五处窑址。特别是窑址的火膛、窑室、火道、分焰柱形状结构清楚,窑室顶部保存完好。是我国目前已发现保存最好的商周时期龙窑遗迹,是我国商周时期原始瓷窑炉结构形态重要实物资料;是了解商周时期窑室结构及其构筑工艺极其难得的窑业考古实物资料和窑炉技术证据,也为探讨我国原始瓷的中心产地提供了新实物资料",且竹林坑窑炉、窑室、火道、分焰柱、排烟结构及其构筑工艺与龙泉窑比较有着明显的差异。考古说明,早在龙泉窑之前,武夷山人已经掌握了青瓷的烧造技术。

报告还依据竹林坑窑址分布和规模,作出"这也是闽北地区商周时期窑业繁荣的具体体现"的推论……

结论一出,国家陶瓷界为之轰动,引得国内外同行蜂拥而至,竹林坑窑址前挤满了见证"改写中国陶瓷历史的窑口"的陶瓷大家。而浙江省文物考古研究所是到实地考察最多的,他们个个脸色凝重,心情复杂。可以理解,毕竟龙泉窑的辉煌曾经给他们带来了极大的荣誉。

尘封三千载,今日初相识。鉴于重要的考古价值和学术价值,竹林坑2012年被国家文物局列为全国100处重要发现,2013年1月被福建省公布为第八批文物保护单位。文物部门出于"鉴于保护技术和手段"的原因,对竹林坑窑址作出了"暂不主动发掘,遗址回填"的决定,考古发掘戛然而止,这正应了考古界流行的名言"不发掘就是最好的保护"。竹林坑仅揭露冰山一角,却又回归沉寂,更多更多的期待也只能留给后人了……

匾上乾坤

◎邹全荣

在武夷山的古村古镇里，亭台楼榭回廊间，乡村的寺庙宫观里，能看到古代留下的各类匾。如果是悬挂在家居的厅堂之上，那它一定是用来彰显家声荣耀的。匾是中华民族优秀传统文化的载体之一。匾也称匾额，主要悬挂于民居厅堂正中位置的上方。古代的匾额集中地表现了中国古代文化的价值观念、伦理观念和审美观念。

匾的内容丰富，文采各异。豪门贵族，往往以能得到皇帝御笔赐给匾显示门庭光耀、威风凛凛。由于古人讲究门第高下，赠匾额也就有别。在古民居里，我们看到的大多是他人赠送或自制的匾。这类匾对恪守封建伦常、政治规范起到警策、训诫的作用。如下梅邹氏家祠中堂上悬挂的"礼仪惟恭"匾，体现的是闽邦邹鲁与孟子之乡邹县的文化关系，强化的是尊重儒家礼教，恭敬守礼。

在武夷山市下梅村的邹氏古厝里，有一幅清代大学士王杰题赠给邹太然的匾，上书"施政堂"三个鎏金大字。邹太然官至直隶赵州分州，母亲去世时回家丁忧，时任军机大臣的王杰题匾"施政堂"赠送，即是让邹太然能在回乡守孝时，能名正言顺地在家办公，处理手头公务。此匾表达了当朝重臣对受匾者的何等厚爱和信任！

在武夷山市东部的溪洲村张氏古厝里，厅堂正上方悬挂着"同心服政"匾。题款是："诰授光禄大夫、兵部尚书兼都察院右都御史、总督闽浙等处地方提督、

（邹全荣 摄）

军务兼粮饷盐课事、加三级赵慎畛，为将乐广文张世祯（德配方孺人）五旬双寿立。大清道光三年岁在昭阳协洽菊月之吉。"题匾者赵慎畛，湖南人，清代朝廷大臣，一品官员；受匾者张世祯，属张氏古厝主人。从匾上得知，他在仙游县任教谕一职（既是县主簿，又是管教育的主官）。赵慎畛送此匾给张世祯，除祝寿外，还有相互勉励之意，表达了他们忠于职守的敬业态度。这块匾高悬于张厝中堂之上，赵慎畛的特殊身份不仅得以显耀，他那个时代的岁月印记，至今一百多年来仍然传世。如武夷山市的岩后村，有一座古寺，寺门上高悬着明代的"保我黎民"匾。黎民，就是村野百姓。此匾一方面是祈求上天对苍生黎民的关爱，希望风调雨顺；一方面又反映了乡间有识之士的忧民爱民情怀，字里行间无不彰显出强烈的民本意识。

在民间，寿匾最常见，如武夷山民间的"眉寿保鲁""稀龄衍庆""筵辉五豆""婺暎薇垣""瑶池集瑞""宜男传芳"等寿匾，从这些寿匾表达的内容来看，可分为男性寿匾和女性寿匾。比如男性寿匾中的"眉寿保鲁"，不仅出典深奥，还用到了异体字。"眉寿保鲁"匾中的异体字是"曺"，艰深难认，只有在《康熙字典》里才能找得到。"眉寿""保鲁" 均出典于我国的第一部诗歌总集

《诗经》。《诗经·豳风》中的《七月》诗句："为此春酒,以介眉寿。"春酒,冬季酿酒,春季始成。介与丐通假,读丐音,含有乞求的意思,意即用此(春酒)来乞求长寿。辞书上说眉寿本指豪眉,男性长者才有豪眉,故眉寿指长寿者。"保鲁"典出于《诗经·颂·鲁颂》,保鲁为颂寿之词。这块匾是乾隆二十九年(1764)钦命提督福建学政、翰林院侍读学士享受朝廷加二级、纪录一次的钦命学官汪廷玙,为取得生员资格的周志成花甲之庆所赠的寿匾。

在女性寿匾中,曹墩村的"筵辉五豆"匾用了"五豆"这个暗喻。此匾乃钦命都察院左副都御史、提督福建全省学政、加三级纪录八次韩鼎晋,在清道光二年(1822)为监生黄文远八十岁父"耆民"(即年高有德的意思)黄汉清送的。匾中的"豆"作何解?据《周礼·地官》的《乡饮酒》篇幅中说:"六十者三豆,七十者四豆,八十者五豆,九十者六豆。"豆,原来是指"齿位",即我们常说的年龄。

"婺暎薇垣"这块匾的题款里,包括了赠匾人的现任官职、历任官职、荣誉身份等内容:晋授奉政大夫、署江南安庆府同知、敕授文林郎、颖上县、庚辰会副、壬辰挑选一等圆明园恩赐御膳克食、捐加三级、又恩加二级、世弟石林旸,为雍进士翁明晋、翁明珩、翁明章、翁明过之大鸾封七褱年寿贤母陈太安人千秋冈陵大庆。

匾的正文内容是"婺暎薇垣"。"婺"就是天上的女星;"暎"是映的异体字;"薇",古书上指巢菜,也泛指香草;"垣",指城墙,也喻老墙头。这是作者石林旸赠送给翁家四兄弟的七秩慈母陈太安人的祝寿匾。大鸾,古称女寿星乘鸾而往来。封七,即七秩寿辰。褱,绵长之意,褱年寿,即长寿。冈陵,指高山,类似平时祝寿中"寿比南山"的"南山"。最有品位的是"恩赐御膳克食"这个荣耀。"御膳克食"就是指清宫里的"克食御膳"制度。"克食"(亦作"克什")是满语施恩、赐予、赏赉的译音。圆明园是清朝最大的皇家花园,清帝曾多次在九州请宴厅设"千叟宴",匾额作者石林旸是当时的千叟之一,故把它作为荣誉以炫耀自己,"恩赐御宴克食",即有幸参与御赐千叟宴,尽享此殊荣。民间根据礼节规范,通过匾额这一载体,促进君臣、父子、亲友、乡邻等各类人际关系的和谐。

匾额镌刻着丰富的国学知识。如武夷山发现的"东序珍从"匾，就是一位获得官职的学生给曾经教育过他的老师敬赠的匾。匾中饱含了感恩之心。何为"东序"？西周时把国学分为"大学"与"小学"，西周称"大学"为"辟雍"，诸侯"泮宫"，辟雍之名是取"其四面周水，圆如璧"之意。"大学"分五类：南为成均，北为上庠，东为东序，西为瞽宗，中曰辟雍。辟雍成为当时"大学"的专称，《礼记》曰："古之教者，家有塾，党有庠，遂（术）有序，国有学。"

古人重视科举，尤以中举及第为骄傲。因此科场师友就会赠"文魁""拔贡"之类的匾，以光耀门庭。武夷山市溪洲村的"文魁"匾，就是其一。这块匾中的"魁"字，即指科考获得第一名的意思，又指代文曲星，与文昌帝君和独占鳌头的故事有关。民间对"魁"字写法有讲究，为了吉利，常把鬼字上面的一撇略去。

有的寿匾意境深邃，出典深奥。如溪洲村刘氏家中的"虎观谈经"匾。按匾的格式顺序读："赐进士出身、钦命提督福建全省学政、通政使司、参议加五级、纪录十次吴（某）为邑庠生刘光斗、刘光璧、刘光青、刘光华之父太学生刘炳忠母虞孺人六十寿立（'虎观谈经'这块匾）。大清嘉庆二十四年岁在己卯十月吉旦。"这块寿匾的独特之处，是典出魏氏家族楹联中的"虎观谈经第，鹤山守业家"。上联典指南宋思想家魏了翁（1178—1235），字华父，号鹤山。官至权工部侍郎。后知潭州（今湖南长沙）、绍兴、福州，以资政殿大学士致仕。他推崇朱熹，近乎陆九渊，有《鹤山全集》。下联典出自东汉五官中郎将魏应。魏应，字君伯，任城人。少好学，习鲁诗，举明经，永平初为博士。时会稽诸儒于白虎观讲论五经同异，使应专掌问难。再迁骑都御。虎观谈经匾借典颂寿，高雅深刻，迎合了主人的志趣修养，彰显了送匾者的儒雅风采。

还有一种匾叫堂号匾，彰显的是与姓氏渊源相关的姓氏源流。主要悬挂于家祠或宗祠的中堂上。如明末清初迁居下梅的周氏，所建豪宅悬挂的堂号匾，是"爱莲堂"。它是宋代理学家周敦颐后裔周梦斌的祖先迁居下梅后，建爱莲堂时制作的。周梦斌为康熙年间下梅崇尚理学的乡贤，常聚集地方上的文人士大夫结成诗文社，交友问道，陶冶情操。爱莲堂就是本姓族人乡友文人士大夫访问结社的活动场所。"爱莲堂"匾表达了周氏后人对先贤千古佳作《爱莲说》的作者周敦颐的崇拜，

（邹全荣 供图）

彰显的核心理念就是清廉。因廉与莲谐音，所以爱莲尚莲成了周氏后人对其先贤志向、节操的世代传承理念。

匾的文字布局，除了正中书写的主文外，匾的左右方（也称上下款）的小字，大多是撰写捐赠人及头衔和落款的年月。一些重要身份的赠匾者，还会在落款末钤上一方印，如果是皇帝赐的匾，正上方还要钤上皇帝的玉玺。一般情况下，匾额的文字简略，也无复杂的结构款式，主要是讲求适情应境，文辞精粹。题书时要求高水平的书法艺术，上款下款的书写位置得当，字的大小适当。

一块块曾经高悬于豪门古厝上的匾额，经历了"文革"而幸存下来。匾额选材名贵，大都是楠木、樟木、杉木制就，加上木工精良，雕刻或镶嵌着精美的文字；漆工精湛，露出了鎏金的光彩；书法精妙，文词艰深，隐含着不少典故。装饰典雅，人文华彩跃然匾上。匾中题词，表达了赠匾人和受匾人的人生阅历、处世态度、道德取向，无不凝聚着国学精华。在匾的题词中，蕴含着题匾人的特殊身份和文化背景，其中有许多鲜为人知的人文历史值得一读。

砖雕讲述八仙故事

◎草　木

　　门楼砖雕是在民宅建筑体中最重要的部分，它是一种突现永恒主题和迎合大众审美情趣、故事性观赏性强的民间雕刻艺术，它具有独特的遗存空间。八仙过海是家喻户晓的故事，是民间传说中道教的八位仙人所组成的神仙群体。他们是李铁拐、钟离权、张果老、何仙姑、蓝采和、吕洞宾、韩湘子、曹国舅。

　　位于世界文化与自然遗产地武夷山的吴厝村，至今保留着一座完整的吴氏宗祠门楼。门楼的左、右侧各布局着八仙过海砖雕全景图，八位仙人被砖雕工匠分为四组图案，每组砖雕图中，有两位仙人立于汹涌澎湃的波涛之上，暗喻了大海的波澜壮阔。在武夷山古民居建筑遗存的门楼砖雕中，这组以八仙过海为主题的砖雕系列图案，虽经两百多年的风雨，但由于它的收藏空间是人们精心保护的门楼，因而得以完整保存下来。

　　在吴厝宗祠门楼的八仙砖雕图案中，男女老幼、富贵贫贱、文庄粗野，各种角色都有，其中年老者张果老，年少者蓝采和、韩湘子，为将者钟离权，一介书生吕洞宾，富贵者曹国舅，病残者李铁拐，妇道人家何仙姑。这八位仙人，各有所长，又各持有帮助自己突破千难万险的法宝。八仙是中国民间最理想的神仙崇拜偶像。这些精神偶像，对人们产生了激励作用。

　　吴氏家祠门楼的系列八仙过海构图取圆形，画幅直径50厘米，阳刻工艺，刀深约3厘米，整体采用浅浮雕手法。构图匀称，布局均衡，构图中创意独特，用

韩湘子与蓝采和　　何仙姑与吕洞宾

李铁拐与钟离权　　张果老与曹国舅

（吴心正 摄）　　　　　　　　　　　（邹全荣 供图）

夸张手法刻画大海的汹涌波涛，线条简练但海浪被当作主体来刻画，营造了惊涛骇浪的险境。八位仙人动态各异，手执法器，脚踩海浪，神形逼真。为了增强画面鲜活效果，对八仙法器进行了细腻刻画。给人以很强的视觉冲击。其刀法古朴中透射出细腻的风格，符合民间的审美心态，画面留给人们无边的想象空间。该系列砖雕图案，通过李铁拐肩负宝葫芦、钟离权手执宝扇、张果老手执渔鼓、吕洞宾身背宝剑、何仙姑手举荷花、蓝采和提携花篮、韩湘子双手握箫、曹国舅手执玉版的形象刻画，描写了八位仙人征服东海的惊涛骇浪的故事情节。吕洞宾首倡过海东游，七仙人须各投一物，借此逐浪而渡的情景，揭示了群策群力才能战无不胜的道理，也表达了对后人的激励，要发挥个人智慧，明确目标敢于奋进，就能到达胜利的彼岸。

武夷山吴氏宗祠建于清中期，门楼宏阔，主人具有人文素养，在留给子孙后人的宗庙遗产建筑中，融入了哲理、艺术情趣，用砖雕讲述八仙过海的故事，激励后人像八仙一样，不畏艰难、勇于进取，各自发挥才智、抱团出海，用集体智慧去战胜一切困难。如今我们徜徉在这座门楼下，瞻仰八仙过海，仍能感受到丰富的民间建筑美学内涵，激发后人对古建筑保护的热情。

百 岁 坊

◎梅 丁

　　城村，坐落于国家考古公园闽越王城遗址北侧，该村因此而得名。城村西南面村口有座门楼，门楼上保留着字体古朴苍劲的"古粤"二字砖雕，显示着城村与王城遗址的深厚渊源。2007年，城村被评为第三批国家级历史文化名村。城村是崇溪沿岸曾经繁华数百年的古镇。城村除了古街古巷古民居外，还有一座独特的百岁牌坊。这座百岁牌坊造型宏阔，雄踞于村落之西南面，成为古汉城方向进入该村的一道"大前门"。百岁坊究竟凝聚着哪位寿星的人生故事？又有多少显赫官员为他赠匾呢？

　　我们不妨先从百岁坊的历史说开去。古代为什么要设百岁坊呢？自古以来，为了彰显对德行声誉高且又寿满百岁之老人的敬仰与纪念，在乡村显耀的路口、村头，以牌坊的样式建造一种标志性建筑，这就是百岁坊。通常是由石头或木头制成的拱形门。它是中国传统文化中的一种祥瑞象征。

　　据史料载，百岁坊的历史可以追溯到唐代，起初是为了庆祝皇帝生日而特别建造的纪念式建筑。后来民间富贵阶层纷纷效仿，为家族中德高望重的百岁老人树碑立坊，千百年来形成民间庆祝长寿和吉祥的象征。明清时期，百岁坊建筑特别兴盛，社会贵族以建筑百岁牌坊而显耀门庭。中国古代百岁坊江南居多。这是因为江南富庶，文化昌盛，敬老祝寿成为普遍风尚。闽北也不例外，所建造的百岁坊，其结构和设计都效仿江南的徽州、江浙一带。百岁坊通常是由两根巨大的

（吴心正 摄）

石柱或木柱与一道拱形门组成。拱形门的上方嵌有牌匾，上面书写的内容大都是"百岁坊""南山寿星""椿萱百年"之类的主题词或吉祥语。武夷山明清时期有不少百岁坊，其中五夫镇、下梅村、曹墩村、吴屯乡、岚谷乡一带，都有百岁坊建筑，可惜这些百岁坊都已损毁，仅保留了城村这座百岁坊。

目前，城村百岁坊已经成为该村重要的文化遗产，更是该村标志性建筑，也成为该村民间庆祝活动和供游人参观的旅游景点。矗立在城村的"百岁坊"，牌坊分三间开，以十二根圆木柱支撑，分上、中、下三层抬梁，每层抬梁由六叠船形斗拱构成，斗拱上绘碟形朱斗绘，十分壮观。在"百岁坊"的门坊两边，还留有象征着长寿的四方寿桃石。在坊西侧的门楣上，悬挂着"圣世人瑞"匾，匾额题款书有"钦差督理粮饷带管建南道福建布政司左参政魏时应"，昭示赠匾者的身份。坊东侧门楣悬着"四朝逸老"匾，题款书有"巡按福建监察御史李凌云；赐进士第中宪大夫建宁府知府马关献、赐进士第文林郎知建阳县汪文标合赠"，告诉人们赠匾人显耀的地位。

（吴心正 摄）

　　那么，城村这座百岁坊是谁才享有的呢？看匾额上题名和村中赵氏家族宗谱考证：百岁坊属城村望族赵氏的赵西源。百岁坊约建在明朝万历四十五年（1617）。城村赵氏家族显赫，为武夷山一带富贵之家，且官商儒人才辈出，地方上享有口碑。其族人赵西源逾百岁，德高望重，四邻称赞有加。地方官将赵西源事迹形成奏报，呈报朝廷，获得了神宗下旨钦建，地方官员监造。该百岁坊距今有400多年了。

　　城村百岁坊，不仅营造了敬老崇寿的吉祥氛围，还能对周围百姓保持纯朴民风产生积极的影响。现在，每到重阳节，四邻八乡的村民会到此举行老人节的娱乐活动。村中有婚娶之喜事时，抬新娘轿过"百岁坊"，也成为城村新婚村民求福增寿的民间习俗。

"商"字蕴藏在家祠里

◎邹全荣

中国民间建筑中,工匠把智慧创意成独特的符号。武夷山清代茶市下梅的邹氏家祠,以丰富的砖雕、石雕、木雕艺术见长。其中的回廊建筑部件中,却暗含了鲜为人知的建筑之谜,一个巨大的"商"字,形成了完整的立体构筑。邹氏家祠是闽北民间建筑中,具有代表性的民间艺术精品。那些雕梁画栋和门楼雕刻艺术,蕴含深厚的人文寓意。

2011年12月,联合国教科文组织创意产业专家贾斯汀在下梅考察。笔者给他讲解邹氏家祠回廊和戏台隐藏"商"字建筑之谜时,他高兴地说道:原来中国的乡村建筑,还有如此神秘的创意啊,这真是一个神秘的创意符号!

邹氏家祠自嘉庆初年建成,两百年过去了,多少人曾从这廊檐下走过,多少目光曾注视过这些纵横交错的木梁垂柱!多少族人曾坐在戏台上看演出,藻井的灯光照亮了五代同堂的幸福,戏台上流动着今古传奇的角色花腔。但是,谁也不曾想到它蕴藏着一个商字符号?

笔者用照相机镜头多次记录了家祠内部结构里的建筑部件,然后通过对一

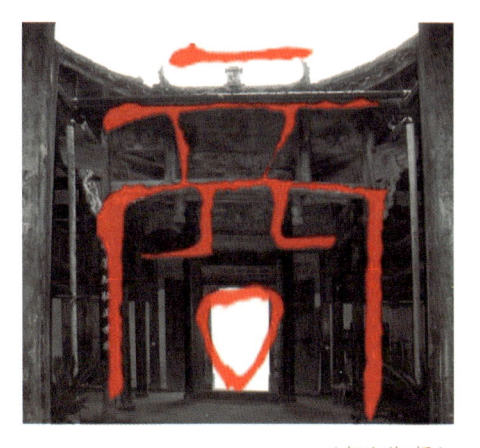

(邹全荣 摄)

（邹全荣 供图）

柱一枋一梁的结构布局，去探究其中的形象寓意。笔者在通过书法描写商字时，对笔画与构件部件之间的联系有了顿悟。在想象力的作用下，邹氏家祠前廊戏台的那些柱子、横梁，已经不是柱子横梁了，而是鲜活的汉字笔画点、横、竖，这些笔画托举起家祠前回廊的戏台，涌现出了一个"商"字框架，几乎与家祠前廊戏台的整体构造完全吻合。笔者反复打印了"商"字草图，然后进行重叠对比，前廊戏台的结构就是一个活生生的"商"字。

以经营茶叶起家的武夷山下梅邹氏，在建造邹氏家祠时，尽施砖木石之华丽，将聚族共乐、崇尚经商的理念，一并融入祠堂建筑的空间。邹氏家祠是一座门楼宏阔、造型精美、布局大气的祠堂。其前廊是一处精美的戏台构造，宽8米，长10米，高6米，上悬藻井，四边共有立柱12根，横梁20余处，穿枋、垂柱10余处，都采用雕刻工艺，上过乌亮大漆。这些横竖交叉的木构件，营造出戏台最理想的演出空间。门楼高墙顶中位线上，有一块瓦镇，它是一座祠堂的南北走向子午线的中轴线，也是天际线上的一个强势符号。

邹氏家祠的墙际线、柱、枋、梁，暗含的"商"字，是可以这样解读的：家祠正面南墙天际线上的"乌纱帽"造型，原是瓦镇，居中成为一点；檐前的宽大的穿栁梁为一巨横；左右两垂柱为两点；承载藻井的拱梁为一横；支撑它的左右两根立柱为两竖；门呢，不言而喻，是一个理想的口字！数一数商字，共11笔，这商字的11笔，都蕴含在墙头瓦镇、梁柱门框中。邹氏家祠的建造者们以此创意设置的谜，终于在笔者的破译中展现出它的人文奥妙！

这样一座两百年的老家祠，这样一个默默立于乡土上的商字，它代表了清代工匠和家祠主人怎样的一种理念呢？一方面它巧妙地表达了作为富甲一方的邹氏茶商，既执着于从商的坚定不移，又表达了邹氏主人对商德的崇拜。更重要的是想让商文化永远昭示给后人。工匠的创意也是值得赞叹的，是他们把商业的意义与形象，巧妙地融入建筑的细节与各零部件中，和谐地隐藏于戏台的整体构件空间里。巨大的戏台，等待的就是让后人在守业经商的舞台上，励精图治，担当起光宗耀祖的角色，唱响让家族辉煌的凯歌。就这样一个活生生的"商"字，非常立体地展现在天底下，只是一般人很难发现它的存在。这样以立体木质构筑来展现"商"字的家祠建筑，闽北还是首次发现。